AF236987

Markus Kessler

Es kommt näher

Ein Adventskalender der anderen Art

Bibliografische Information der Deutschen Nationalbibliothek:
Die Deutsche Nationalbibliothek verzeichnet diese Publikation in
der Deutschen Nationalbibliografie; detaillierte bibliografische
Daten sind im Internet über http://dnb.dnb.de abrufbar.

Umschlaggestaltung:
Natter Book Cover Design / www.selfpubbookcovers.com/natterarts

Herstellung und Verlag: BoD – Books on Demand, Norderstedt

ISBN: 978-3-7543-7258-6

Inhalt

Vorwort

Liebe Leserinnen, liebe Leser

Die Geschichte dieses Buches begann im Oktober 2020. Die Welt war gerade ziemlich aus den Fugen. Das Corona-Virus verbreitete Angst und Schrecken. Viele Menschen saßen zu Hause in ihren Wohnungen, bangten um ihre Gesundheit und ihre Jobs. Die kalte Jahreszeit stand bevor und niemand vermochte zu sagen, wie diese Krankheit wüten würde, wenn die Menschen durch Kälte und Dunkelheit ohnehin anfälliger sind.

Mit all diesen Schrecken des Alltags umzugehen, war für manche zermürbend. So auch für mich als Autor. Ich bin es gewohnt, dass ich die Schrecken in meinen Geschichten kontrollieren kann, dass ich immer schon im Voraus weiß, wie eine Geschichte ausgeht.

Und deshalb machte ich dann eben auch genau das. Ich nahm mir vor, einen Geschichten-Adventskalender zu schreiben und jeden Tag eine neue kurze Geschichte auf meiner Website zu veröffentlichen. Für meine Familie war ich also in der Adventszeit kaum verfügbar, weil ich manchmal noch abends nach dem Tagesgeschäft noch drei Stunden an einer Geschichte arbeitete, so lange, bis ich zufrieden war und sie online stellen konnte.

Das war zwar ein hartes Stück Arbeit, aber ich hatte viel Spaß damit. Und den Leserinnen und Lesern auf meiner Website hat es offenbar auch gefallen. Ich habe viele begeisterte Rückmeldungen bekommen.

Deshalb ist es nun an der Zeit, diese Geschichten in Buchform herauszubringen. 24 fantastische, unheimliche, unterhaltsame, witzige, gruslige Storys. Genießen Sie diesen einzigartigen Adventskalender am besten in kurzen, täglichen Häppchen.

Ich wünsche Ihnen viel Vergnügen und hoffe, Sie haben beim Lesen so viel Spaß wie ich beim Schreiben.

Ihr
Markus Kessler

1 Der Wunschfriedhof

Unweit unseres Städtchens, dort, wo die Straße eine scharfe Rechtskurve beschreibt, liegt der alte Friedhof, umrahmt von hohen Tannen, die ihn das ganze Jahr hindurch in Schatten hüllen. Gras und Unkräuter überwuchern die schiefen Grabsteine, auf denen kaum noch die Namen der Verstorbenen lesbar sind. Er wird schon seit mehr als hundert Jahren nicht mehr benutzt, zumindest nicht im eigentlichen Sinne. Trotzdem übt dieser Friedhof einen großen Reiz auf Trauernde aus. Man erzählt sich nämlich, dass es auf diesem Friedhof ein Tor ins Reich des Todes geben soll, durch das man eine verstorbene Person ins Leben zurückholen kann, wenn man ihren wertvollsten Besitz dort vergräbt.

Manche Bewohner unseres Städtchens blicken inzwischen auf ein außergewöhnlich langes und erfülltes Leben zurück. An einem feuchtfröhlichen Abend behauptete Heidi Loser, die redselige Wirtin des Gasthauses zum Ochsen, der alte Sepp Manser sei sogar schon zwei Mal von den Toten zurückgebracht worden.

Das hörte auch ein gewisser Dieter Hofer, ein Feriengast aus Zürich, der gerade um seine junge Tochter trauerte, die er bei einem schrecklichen Autounfall verloren hatte. Er hörte aufmerksam zu und erfuhr, dass der Tod jeweils den wertvollsten Besitz der Verstorbenen forderte. Wer gegen diese Regel verstieß, wecke den Zorn des Todes und wurde zur Strafe selbst ins Reich der Toten verschleppt.

Es ging das Gerücht, dass vor Jahren ein gewisser Rolf Frischknecht versucht hatte, den Tod zu betrügen, und nie wieder von seinem Ausflug auf den Friedhof zurückgekehrt ist. Nur manchmal sieht ihn ein später Wanderer noch des Nachts als Geist zwischen den Grabsteinen wandeln.

Dieter Hofer hatte nicht die Absicht, den Tod zu betrügen, als er an diesem Dezemberabend um kurz nach sieben Uhr zum Friedhof wanderte, beladen mit einem Klappspaten aus dem Army Shop und dem Ehering seiner verstorbenen Tochter. Er war sich ganz sicher, dass dies das Wertvollste war, was seine Tochter besessen hatte. Nicht etwa, weil der Ring so kostbar gewesen wäre, ganz und gar nicht. Es war ein ganz einfacher, goldener Ring mit einem gravierten Herzen, doch sie liebte ihren Mann so sehr, dass der Ring als Symbol dieser Liebe bestimmt das Wertvollste war, was sie besaß.

Es war kalt und dunkel, als er seinen kleinen Klappspaten ansetzte und die leicht gefrorene Erde aushob. Er brauchte nicht tief zu graben, es musste nur für den kleinen, golden glänzenden Ring reichen.

Er legte den Ehering in das Loch, dachte noch einmal an seine Tina und füllte die Erde mit bloßen Händen wieder hinein.

Kaum zehn Minuten hatte ihn diese Zeremonie beschäftigt. Jetzt stand er vor dem kleinen Haufen frischer Erde, mit Dreck unter den Fingernägeln und Tränen in den Augen, als sich vor ihm eine Gestalt aus dem Boden erhob. Eine Gestalt in einem schwarzen Umhang mit schwarzer Kapuze, so schwarz, dass jedes Licht darin einfach verschwand, selbst das Licht des Mondes, der hell am Himmel stand und Dieter Hofer einen Schattenbegleiter zur Seite stellte.

«Tina?», fragte Dieter Hofer hoffnungsvoll.

Doch der Tod antwortete mit tiefer Stimme: «Was bringst du mir solchen Tand?»

«Es war das Wertvollste, was sie besaß. Wirklich!»

«Ach?»

«Ja, sie liebte nichts so sehr wie ihren Mann.»

«Ach?»

«Ja.»

Der Tod setzte sich auf einen Grabstein. «Setz dich zu mir. Ich werde dir die Wahrheit über deine Tina erzählen.»

Dieter Hofer setzte sich neben ihn.

«Tina hat Rolf nur wegen seines Geldes geheiratet. Und als sie dann schwanger wurde ...»

«Aber sie war doch gar nicht schwanger!», unterbrach Dieter Hofer aufgeregt.

«Doch, natürlich! Im dritten Monat. Und weil Rolf einen Vaterschaftstest verlangt hatte, stritten sie während der Autofahrt. Tina hatte sich so aufgeregt, dass sie in dieser Kurve mit dem Auto über den Straßenrand hinaus geraten und in die Schlucht gestürzt waren.»

«Aber ...» Dieter Hofer schluchzte. «Tina. Ich habe sie doch geliebt.»

«Ich sehe, du hast mich nicht absichtlich betrogen, du wusstest es tatsächlich nicht besser. Ich lasse dich dieses Mal gehen. Aber komm nie wieder zurück.»

Der Tod verschwand, sickerte durch den Grabstein, auf dem er gesessen hatte, in die Erde hinein.

Als Dieter Hofer sich wieder fassen konnte und sich auf den schweren Heimweg machte, fiel sein Blick auf etwas Glitzerndes am Boden. Es war der Ring, der im Mondlicht blass funkelte.

2 Der Blutfleck

Rosa hatte in ihrer Zeit als Putzfrau schon viele Flecken beseitigt, aber so einer wie in der Villa von Jonas Hauenstein war ihr noch nie untergekommen.

Der alte Hauenstein, ein mürrischer Kerl mit Backenbart und gefurchter Stirn, hatte mit einer Textilfabrik viel Geld verdient. Und er war so geizig, dass man ihm nachsagte, dass er sogar seinen Hund nur mit Kartoffeln fütterte.

Vor einigen Wochen war eben dieser Hund, eine Deutsche Dogge, auf der Treppe unglücklich zu Tode gestürzt. Der Alte hatte den Hund am Fuße der Treppe gefunden und ihn wegbringen lassen. Doch den Blutfleck, den der Hund hinterlassen hatte, konnte er nicht so einfach beseitigen lassen. So oft das Blut weggewischt wurde, so oft tauchte es am nächsten Tag wieder auf, und zwar an genau der gleichen Stelle.

Fünf verschiedene Putzinstitute hatten sich bereits daran versucht und alle hatten zwar den Fleck sauber vom Teppich entfernt, doch am nächsten Morgen war er wieder da. Frisch wie am ersten Tag!

Natürlich hatte Hauenstein keines dieser Putzinstitute bezahlt. Das wäre ja noch schöner, dass er für eine Arbeit bezahlte, die gar nicht abgeschlossen war.

Und nun war die Reihe also an Rosa. Sie stammte aus Peru, war vor zwei Jahrzehnten in die Schweiz eingereist und hatte seither ihren Lebensunterhalt als Reinigungskraft bei verschiedenen Herrschaften verdient. Noch nie hatte sie einen Fleck nicht beseitigen können, was ihr den Ruf einbrachte, auch die schwierigsten Schmutzprobleme lösen zu können.

«Kein Problem», sagte sie mit ihrem spanischen Akzent, «ist nur Blut.»

Hauenstein grunzte mürrisch und ließ sie mit dem Blutfleck allein. Es dauerte keine Stunde, bis der Fleck vollständig vom Teppich verschwunden war.

Stolz zeigte sie dem Alten das Ergebnis ihrer Arbeit und verlange ihren gerechten Lohn dafür, doch Hauenstein antwortete: «Ich bezahle erst, wenn der Fleck dauerhaft wegbleibt.»

Rosa, ganz überzeugt von ihrer Arbeit, stimmte diesem Vorschlag natürlich zu und ging ihrer Wege.

Als sie am nächsten Tag wieder bei Hauenstein vor der Tür stand, um ihren Lohn abzuholen, fuhr er sie direkt an: «Wusste ich es doch. Sie schaffen es ebenso wenig wie alle anderen. Nix da mit Geld. Verschwinden Sie!»

«Wie meinen? Ist Fleck wieder da?»

Hauenstein riss die Türe ganz auf, sodass Rosa die Bescherung am Fuß der Treppe sehen konnte. Da war der Blutfleck wieder und sogar noch etwas feucht.

«Aber das ist unmöglich», sagte Rosa. «Darf ich ansehen?»

Hauenstein trat zur Seite und ließ sie ein. «Vom Ansehen habe ich nichts, machen Sie das weg.»

Rosa ließ sich auf die Knie nieder und untersuchte den Fleck. Als sie ihn berührte, klebte ein kleiner Tropfen Blut an ihrem Zeigefinger. Sie wischte ihn gedankenversunken an ihrer Schürze ab.

«Ist noch frisch. Wieso?»

«Was weiß ich, wieso», knurrte Hauenstein, «vermutlich haben sie ihn nicht richtig gereinigt. Bringen Sie das in Ordnung und verschwinden Sie.»

Rosa holte Bürste, Lappen und Teppichreiniger und machte sich an die Arbeit. Es dauerte diesmal sogar weniger lang als am Tag zuvor. Und auch heute bekam sie kein Geld für ihre Arbeit, sondern sollte am nächsten Tag wiederkommen.

Sie konnte das sogar verstehen. Noch nie war ihr so etwas passiert. Dass ein Fleck plötzlich wieder da war, nachdem sie ihn beseitigt hatte, und dann noch so frisch.

Als sie am nächsten Tag wieder erschien, sagte Hauenstein kein Wort, starrte sie nur grimmig an und ließ die Tür aufschwingen.

Rosa sah sofort, warum der Alte wütend war. Der Fleck war wieder da! Ganz frisch. An exakt der gleichen Stelle.

«Was ist das?»

«Na, was wohl?» Hauenstein ließ sie mit dem Fleck alleine.

Wieder kniete sie sich vor dem frischen Blut auf den Boden, berührte es, roch daran. Dann schmeckte sie es sogar, tupfte etwas davon mit dem Zeigefinger auf die Zunge.

In diesem Moment geschah etwas Seltsames. Sobald der Tropfen ihre Zunge berührt hatte, tauchte am oberen Ende der Treppe Hauenstein auf, nicht in Wirklichkeit, eher wie eine Projektion, ein Fernsehbild. Bei ihm war eine junge Frau, vielleicht seine Tochter. Sie trug ein wundervolles Brautkleid mit Perlen und langer Schleppe. Doch statt sich zu freuen, stritten die beiden heftig miteinander, warfen sich gegenseitig Flüche und Verwünschungen an den Kopf. Und dann geschah das Unfassbare! Hauenstein versetzte der Frau einen heftigen Stoß, sie stürzte schreiend und kreischend die Treppe hinab, wo sie in einer Blutlache liegen blieb. Genau jene Blutlache, die immer wieder auftauchte.

Der alte Hauenstein hatte sie umgebracht und Rosa sollte die Schweinerei beseitigen! Da täuschte er sich aber! Sie zückte ihr Handy und rief die Polizei.

Schließlich gestand Hauenstein, dass er seine Tochter umgebracht hatte, und zwar an dem Tag, an dem sie heiraten sollte. Ihre Leiche hatte er im Garten vergraben.

Nach seinem Geständnis blieb der Blutfleck weg, als ob die Seele der jungen Frau ihre Ruhe gefunden hätte.

3 Sumpflinge

Als ich noch ein Kind war, nannten wir sie Sumpflinge. Wir haben sie oft beobachtet an dem kleinen Weiher am Rand des Waldes.

Vor vierzig Jahren gab es noch viele Sumpflinge, kleine Geschöpfe, fast wie Menschen, nur viel kleiner. Sie reichten uns höchstens bis zum Knöchel und trugen Kleider aus gewebten Pflanzenfasern, grün im Frühling, bräunlich im Herbst.

Ich habe nie herausgefunden, ob sie einen Winterschlaf halten, ich weiß nur, dass sie nicht mehr zu sehen sind, sobald das Eis den Weiher bedeckt. Um ihnen zu helfen, brachte ich jeweils am Tag nach dem ersten Frost einen Korb voll Lebensmittel: Kartoffeln, Äpfel, Schokolade und Zwieback.

Und jedes Jahr gab ich ihnen meine Wunschliste für Weihnachten mit. Das mag jetzt furchtbar kindisch klingen, doch damals dachte ich wirklich, dass sie vielleicht einen Draht zum Christkind haben könnten. Und es würde bestimmt nicht schaden, dass ich ihnen meine Wunschliste übergab.

Jedenfalls erfüllten sich meine Wünsche immer und ich schrieb dies den Sumpflingen zu. Mit acht Jahren fand ich unter dem Weihnachtsbaum mein erstes Fahrrad, mit zwölf küsste mich Yvonne unter dem Mistelzweig. Nur in dem Jahr, in dem ich fünfzehn Jahre alt wurde, konnte ich den Sumpflingen nichts bringen. Ich hatte mir nämlich eine Lungenentzündung eingefangen und als ich endlich wieder nach draußen konnte, lag dort schon ein halber Meter Schnee. Ich brachte zwar trotzdem noch Lebensmittel und meine Wunschliste zu den Sumpflingen, doch der Korb stand wochenlang unberührt dort. Ganz oben auf meiner Wunschliste stand in jenem Jahr, dass Papa wieder eine Arbeit finden sollte. Die Weberei, in der er arbeitet, hatte nämlich zwei Monate zuvor schließen müssen. Ausgerechnet dieser wichtige Wunsch wurde mir nicht erfüllt.

Damals habe ich geschworen, dass ich nie wieder den Tag nach dem ersten Frost verpassen würde, und bis heute konnte ich das halten. Selbst wenn ich krank war, schleppte ich mich dort hinaus zum Weiher und brachte den Sumpflingen einen vollen Korb mit Lebensmitteln.

Meine Frau lernte ich an der Silvesterfeier 2002 kennen, nachdem ich mir gewünscht hatte, eine Partnerin fürs Leben zu finden. Nicht immer jedoch erfüllten sich Wünsche so, wie ich mir das vorstellte. 2008, als ich endlich ein eigens Haus besitzen wollte, starb mein Vater bei einem Unfall und hinterließ mir dieses Haus mit Aussicht auf den Weiher. Mein Wunsch hatte sich zwar erfüllt, aber wohl war mir dabei nicht.

Heute Morgen, als ich erwachte, lag der erste Morgenfrost auf dem Weiher. Ich holte also wieder den kleinen Weidenkorb und füllte ihn mit Leckereien und einen Zettel mit einem einzigen Wunsch darauf.

Der Gemeinderat will den Weiher nämlich trockenlegen und die ganze Gegend für eine große Wohnüberbauung freigeben. Das wäre das Ende der Sumpflinge. Und das werde ich nicht zulassen. Aber dafür brauche ich viel Geld. Ich habe mir vorgenommen, das ganze Gelände zu kaufen und eine Hecke um den Weiher zu bauen, damit die Sumpflinge ein bisschen Privatsphäre bekommen.

4 Eine Begegnung am Fluss

So spät war sie sonst nicht mehr am Joggen. Normalerweise achtete Silvia darauf, dass sie zu Hause war, bevor es dunkel wurde. Doch heute hatte sie es nicht vor vier Uhr aus dem Haus geschafft. Dieser Monteur, der die Heizung reparieren sollte, hatte sie so lange aufgehalten.

Zu allem Übel hatte sie auch noch ihre Stirnlampe zu Hause vergessen. So trottete sie jetzt zwischen dem dunklen Fluss und dem noch dunkleren Wald über einen vom Halbmond nur spärlich beleuchteten Feldweg. Schon drei Mal war ihr Knöchel umgeknickt, weil sie ein Schlagloch übersehen hatte.

Neben ihr rauschte der Fluss, im Wald knackte ein Zweig. War da jemand? Oder etwas? Der Wolf vielleicht, von dem gerade so viel in der Zeitung stand?

Sie verfluchte sich selbst, dass sie ihre Lampe vergessen hatte. Doch das half natürlich nichts. Sie musste einfach durchhalten bis zum Schluss, sogar noch einen Zahn zulegen. Je schneller sie lief, umso schneller kam sie in die warme Sicherheit ihrer Wohnung.

Schon konnte sie die Lichter der Brücke vor sich sehen. Vielleicht noch zehn Minuten, dann hatte sie zumindest die Straßenlaternen, um ihren Weg zu erhellen.

Da erklang vom Flussufer her ein Geräusch, das da überhaupt nicht hinpasste: das Weinen eines Kindes!

Silvia hielt an, lauschte in die Dunkelheit. Da war es wieder. Durch das Rauschen des Flusses hörte sie ein zartes Kinderweinen. War da wirklich ein Kind am Fluss?

«Hallo?», fragte Silvia den Strauch, der ihr die Sicht auf den Fluss versperrte.

Wieder schluchzte das Kind.

Sie musste etwas unternehmen. Sie bog die stacheligen Äste zur Seite, suchte sich einen Weg an dem Strauch vorbei, im vollen Bewusstsein, wie gefährlich das war. Wenn sie ausrutschte und ins eisige Wasser fiel, hatte sie ein echtes Problem.

«Hilfe», rief das Kind jetzt.

«Ich komme», antwortete Silvia und war erstaunt, wie wenig Zuversicht ihre Stimme ausstrahlte.

Vorsichtig setzte sie einen Fuß auf den gefrorenen Hang. Er hielt. Langsam, mit kleinen, tastenden Schritten schob sie sich am Strauch vorbei auf den schmalen Uferstreifen.

Im Mondlicht erkannte sie jetzt ein kleines Bündel, das dort direkt an der Wasserkante lag. Ein Kind! Und es streckte ihr ein kleines Ärmchen entgegen.

Silvia zog das Kind zu sich heran, ein Mädchen, vielleicht drei Jahre alt, eiskalt und klatschnass. Sie presste das Mädchen dicht an ihre Brust, wärmte den kleinen Körper mit dem ihren. «Wie heißt du? Bis du ins Wasser gefallen?»

«Ich heiße Nina. Wo ist meine Mama?» Das Kind zitterte, redete undeutlich, musste halb erfroren sein.

«Ich weiß nicht», antwortete Silvia. «Ich habe niemanden gesehen. Was ist passiert?»

«Mama war da. Und jetzt nicht mehr. Mir ist so kalt.»

Silvia massierte den Rücken des Mädchens, versuchte etwas Wärme in den unterkühlten Körper zu reiben. «Wollen wir gemeinsam deine Mama suchen?»

«Nein. Wir warten. Mama muss wiederkommen!»

«Wo ist sie denn hin?»

«Weg.»

«Und hat sie gesagt, dass sie wiederkommt?»

«Sie ist weg.»

«Seid ihr beide in den Fluss gefallen?»

«Nein. Nur ich.»

Silvia hob das Mädchen hoch, es schien fast nichts zu wiegen. «Komm, ich nehme dich mit ins Dorf und dort hilft uns jemand, deine Mama zu finden.»

«Nein!», das Mädchen kreischte regelrecht und schlug mit seinen kleinen Fäustchen um sich. «Ich muss hier warten, bis Mama wiederkommt.»

«Aber ich kann dich hier doch nicht alleine lassen. Du bist halb erfroren. Wenn du noch lange hier bleibst, stirbst du.»

«Ich muss hier warten.»

Silvia musste jetzt eine Entscheidung treffen. Inzwischen fror sie selbst. «Also gut, bleib hier, ich hole Hilfe.»

Das Kind hörte auf, um sich zu schlagen. «Gut. Mama holen.»

Silvia zog ihre Windjacke aus und wickelte sie um das Mädchen. Nicht wirklich warm, aber besser als nichts. Dann kroch sie auf allen vieren den Hang hinauf. Ein letztes Mal blickte sie hinab zum Ufer und lief los, so schnell sie nur konnte. Sie achtete nicht mehr auf abknickende Knöchel oder unheimliche Geräusche aus dem Wald. Sie musste schnellstens ins Dorf, einen Polizisten oder sonst jemand finden, der dem Mädchen helfen konnte.

Die Brücke kam jetzt schnell näher und der Zufall wollte es, dass gleich hinter der Brücke ein Streifenwagen gefahren kam. Silvia sprang auf die Straße und hielt die Polizisten an, erzählte ihnen von dem Mädchen.

Ihre Geschichte klang sogar in ihren eigenen Ohren verrückt, aber die Polizisten schienen ihr zu glauben. Silvia sollte auf dem Rücksitz Platz nehmen und sie zu dem Mädchen führen. Doch als sie dort ankamen, war niemand mehr da. Kein Mädchen, kein Hinweis darauf, dass hier jemals ein Kind gewesen war, nur Silvias zusammengeknüllte Windjacke.

«Nina! Wo bist du?», schrie sie in die Nacht.

«Nina?», fragte einer der Polizisten. «Nina Moser?»

«Ich weiß nicht. Sie hat nur Nina gesagt.»

Die beiden Polizisten brachen die Suche ab und erklärten: «Haben Sie denn noch nie davon gehört? Nina Moser ist vor drei Jahren hier an dieser Stelle ertrunken. Die Mutter hatte das Kind alleine spielen lassen, während sie in den Wald gegangen war, um sich zu erleichtern. Das Kind ist ins Wasser gefallen und ertrunken. Die Mutter wurde wegen fahrlässiger Tötung angezeigt, musste sich in psychiatrische Behandlung begeben und hat sich schließlich in der Klinik das Leben genommen.»

Silvia stand da wie vom Donner gerührt. «Aber da war ein Kind. Ich habe mit ihm gesprochen.»

«Ja», sagte der Polizist. «Nina soll hier immer noch manchmal auftauchen und ihre Mutter suchen.»

5 Der Tunnel

Das war eine dumme Idee! Tom stand auf dem Gleis und starrte in die dunkle Höhle, die sich vor ihm auftat. Fast zwei Kilometer lang und ohne Licht führte der Tunnel schnurgerade auf die andere Seite des Berges. Wer sich traute, hier durchzugehen, schaffte den Weg in die Stadt in einer halben Stunde. Ansonsten blieben nur die Wege um die Flanke des Berges herum (1 h 15 min) oder darüber hinweg (1 h 45 min), so stand es zumindest auf dem gelben Wegweiser.

Wenn er durch den Tunnel ginge, würde er noch vor Einbruch der Dunkelheit in der Stadt sein. Und eigentlich war es keine große Sache. Zwei Kilometer schaffte er locker in dreissig Minuten. Und es kam bestimmt kein Zug, diese Strecke war seit Jahren stillgelegt. Zwischen den Schienen wuchs Gras. Was sollte also passieren?

Aber unheimlich war es trotzdem! Ganz allein in diese Dunkelheit hinein zu spazieren, war verrückt. Da drin konnte alles Mögliche lauern. Ratten, Schlangen, Spinnen, Käfer, Fuchs, Dachs und was immer an wilden Tieren hier noch herumwuseln könnte.

Und wenn er stolperte und sich ein Bein brach auf dem harten Eisen der Schienen? Wenn er mitten im Tunnel lag und warten musste, bis irgendwann jemand kam? Er würde verhungern, verbluten oder von Ratten aufgefressen werden.

Tom blickte zurück zum Wegweiser, der verlockend die Wanderwege anzeigte, leichte und einfache Schotterwege, die ihn sicher bis zur Stadt bringen würden, nur eben viel später.

Wenn er es wirklich tun wollte, dann sollte er hier allerdings nicht mehr lange herumstehen und sich einreden, was alles schiefgehen konnte. Er atmete noch einmal tief durch, machte ein Kreuzzeichen und stapfte in den Tunnel hinein.

So lange er noch etwas Licht vom Eingang her vor sich sah, ging es ganz einfach. Doch mit jedem Schritt wurde es dunkler und schwieriger.

Alte Zeitungen lagen herum, leere Bierdosen, die Jugendliche hier nach ihren Mutproben liegen gelassen hatten. Tom stapfte weiter. Schon bald konnte er vor sich kaum noch etwas erkennen. Seine Schritte wurden kleiner, er hob seine Füße kaum noch vom Boden, schlurfte eher, um allfällige Hindernisse (oder *Ratten! Er hasste Ratten!*) frühzeitig zu spüren.

Einfach weitergehen. Nicht stehen bleiben. Nicht denken. Immer wieder betete Tom dieses Mantra vor sich her. Doch irgendwann musste er einfach nachsehen, wie weit er schon gekommen war. Er drehte sich um, hinter ihm war auch nichts als Dunkelheit. Er befand sich in absoluter Schwärze, irgendwo mittendrin. Er drehte sich wieder zurück, musste jetzt erst recht weiter. Doch schon nach zwei kleinen Schritten stieß er an das Schienenband, das genau quer zu ihm verlief.

So ein Mist! Er hätte sich nicht drehen dürfen. Er hatte die Orientierung verloren. Er musste sich um neunzig Grad drehen, aber nach links oder nach rechts? In welcher Richtung lag die Stadt?

Verdammt! Er war so ein Idiot. Er entschied sich für die rechte Seite. Das Gefühl sagte ihm, dass dort die Stadt liegen musste. Langsam kam er wieder in Bewegung, mit schlurfenden Schritten. Manchmal stieß er an lose Schottersteine, an Schienenschrauben, an etwas Weiches. *Ratten!*

Angst fuhr ihm in den Körper, Adrenalin durchflutete seine Adern, ließ ihm das Blut gefrieren und seine sämtlichen Körperhaare sich aufrichten. Er würde hier nie wieder heraus kommen. Nie wieder! Er würde in diesem Tunnel irgendwann einfach umfallen und sterben. Einsam im Dunkeln.

Aber noch nicht gleich. Seine Beine fühlten sich schwer an, so schwer wie dieser Berg, der sich über ihm auftürmte. Ein schlurfender Schritt mit dem linken Fuß, einer mit dem rechten. Noch einmal. Und noch mal. Nur so konnte er dieser dunklen Todesfalle entrinnen.

Eine kalte Flüssigkeit tropfte herab und lief über seine linke Wange. Tom wischte sie weg. Gleich darauf tropfte es wieder von der Decke herab. Was war das?

Wasser natürlich. Was sonst. Das gab es oft in diesen alten Tunnels. Da tropfte Wasser aus dem Berg über ihm, sickerte in den Boden zwischen den Schienen. Das war normal.

Weiter. Er musste einfach immer weiter gehen. Irgendwann, nach einer schier endlosen Zeit, tauchte vor ihm in der Ferne ein kleines Licht auf, winzig klein, aber doch ein Licht. Konnte das der Ausgang sein?

Mit jedem Schritt kam er diesem Licht ein kleines Stückchen näher. Das machte ihm wieder etwas Mut. Er konnte es schaffen, ganz alleine durch diesen dunklen, undurchdringlich scheinenden Tunnel zu gehen.

Doch etwas irritierte ihn an dem Licht. Er blieb stehen und betrachtete es weiter. Es kam näher, obwohl er sich nicht bewegte. Was zum Teufel war das?

Endlich dämmerte es ihm: Das musste ein anderer Wanderer sein, jemand, der schlau genug gewesen war, eine Lampe mitzunehmen.

Etwas zuversichtlicher ging Tom weiter. Wenn es hier noch andere Menschen gab, dann war es auf jeden Fall nicht gefährlich. Ausser natürlich, die Menschen, die sich hier drin bewegten, waren gefährlich füreinander. Aber da musste er jetzt durch. Schritt für Schritt.

Irgendwann hörte er auch ein Geräusch vor sich. *Ta-tam, ta-tam, ta-tam.* Das war kein Tier. Und auch kein Mensch. *Ta-tam, ta-tam, ta-tam*. Das war ein Zug!

Tom erstarrte. Das war unmöglich. Diese Linie war doch seit Jahren stillgelegt. Hier konnte kein Zug fahren!

Aber das *Ta-tam* vor ihm sprach eine ganz andere Sprache. Hier fuhr ein Zug. Schnell. Und er kam direkt auf Tom zu.

Was sollte er nur tun? Wenn er doch nur ein Licht hätte, dann würde der Lokführer ihn vielleicht noch rechtzeitig erkennen. Aber er hatte kein Licht. Nichts, womit er auf sich aufmerksam machen konnte.

Zurück konnte er auch nicht. Das war viel zu weit. Er würde es nie vor dem Zug aus dem Tunnel heraus schaffen. Aber es musste Wartungs- und Fluchtnischen in der Tunnelwand geben. Die gab es immer.

Tom wagte den Schritt über die rechte Schiene, streckte die Hand aus, spürte die feuchte, kalte Wand. Etwas wuselte erschrocken davon, ein Käfer oder eine Spinne. Doch das war jetzt alles nicht wichtig. Der Zug kam direkt auf ihn zu.

So dicht an der Wand traute er sich, etwas schneller zu gehen.

Vor ihm wuchs die Lampe schnell heran, das *Ta-tam* wurde immer lauter, immer bedrohlicher. Und noch immer war nichts als glatte Wand neben ihm. Wenn nicht bald eine Nische auftauchte, wäre er geliefert.

Verzweifelt stürmte Tom vorwärts, sein Fuß blieb an einem Schotterstein hängen, er stolperte, konnte sich gerade noch auffangen und weiter hetzen. Schnell jetzt! Der Zug schoss auf ihn zu. Immer noch keine Nische.

Inzwischen konnte Tom sogar die erleuchteten Fenster in den Wagen hinter der Lokomotive erkennen. Es würde nur noch Sekunden dauern, bis der Zug ihn erfasste.

Er sah keinen anderen Weg mehr, als sich flach mit den Rücken an die Wand zu pressen und zu beten.

Tom schrie, doch sein Schrei ging in dem Brausen und Stampfen der Dampflok unter, als sie an ihm vorbei rauschte. Nein, nicht an ihm vorbei. Regelrecht durch ihn hindurch. Er spürte einen eisig kalten Luftzug, aber keine Berührung.

Er streckte seine Hand aus. Der Zug schien transparent, sauste einfach durch seine Hand hindurch, eiskalt, aber berührungslos.

Ein paar Sekunden später war der Spuk vorbei. Der Zug hatte sich einfach in nichts aufgelöst. Gerade war er noch da gewesen, hatte Licht und Kälte verbreitet. Und Zack war alles wieder dunkel im Tunnel, nicht der geringste Luftzug war zu spüren.

Tom sackte an der Wand entlang zu Boden. War das ein Geisterzug? War er jetzt tot?

Zitternd und bibbernd sass er an der Wand, mit hochgezogenen Knien, den Kopf in den Händen versteckt, weinend vor Angst und Erleichterung. Ein feuchter Fleck breitete sich in seiner Hose aus.

Und dann hörte er die Stimmen. Da mussten tatsächlich Menschen sein.

Als er den Kopf hob, traute er seinen Augen nicht. Das Ende des Tunnels war kaum fünfzig Meter von ihm entfernt. Wie konnte das möglich sein?

Trotzdem war es schwierig, auf die Füße zu kommen. Seine Beine zitterten so stark, dass sie jeden Moment wieder einzuknicken drohten.

Tom richtete sich auf, so gut er konnte, und stapfte dem Ende des Tunnels entgegen. Noch ein paar Schritte, und er hatte es geschafft.

Die drei Teenager mit ihren Taschenlampen grinsten ihn an und tuschelten miteinander, als sie an ihm vorbeigingen. Doch das kümmerte Tom nicht mehr. Er hatte den Tunnel besiegt.

6 Wenn der Nikolaus kommt

Sie hatten ihn tatsächlich aus der Nikolausgruppe geworfen. Dabei hatte dieses Mädchen mit dem kurzen Röckchen doch regelrecht darum gebettelt, dass er sie berührte.

Und eine Woche vor dem Nikolaustag hatten sie ihn rausgeworfen. Dabei waren seine Einsätze als Nikolaus das Größte für ihn. Das wussten sie genau, und trotzdem verwehrten sie ihm das wegen einer kleinen, unbedeutenden Anzeige.

Aber Daniel Knecht würde trotzdem als Nikolaus unterwegs sein am sechsten Dezember und er würde auch Geschenke bringen. Nicht zu den Kindern, nein, sondern zu seinen ehemaligen Kollegen von der Nikolausgruppe. Vor allem für die Vorstandsmitglieder hatte er sich besondere Überraschungen ausgedacht.

Es war gar nicht so einfach, alle Geschenke zu besorgen. Die Tarantel für Stefan, den allseits beliebten Kassier, hatte er bei einem verrückten Junkie gekauft. Dessen Bude stank erbärmlich, überall lagen gebrauchte Spritzen und Erbrochenes herum. Woher dieser Junkie eine lebende Tarantel hatte, konnte Daniel sich nicht vorstellen, aber für zwei Hunderter hatte er das Tier kaufen können. Ein widerliches schwarzes Geschöpf, das glücklicherweise in einem gläsernen Terrarium saß.

Für die anderen Vorstandsmitglieder hatte er ebenso erlesene Geschenke besorgt. Die schwarze Mamba für Klaus war noch jung und darum nicht so groß. Für Franz, der immer als Erster betrunken war, hatte er ein Bier mit einem kräftigen Schuss Nitroverdünner vorbereitet und für Eugen, den er eigentlich ganz gut mochte, eine Flasche Whisky mit extra viel Schlaftabletten.

Sein Meisterstück hatte er allerdings für Robert, den Präsidenten, aufgehoben. Schon die Tarantel und die schwarze Mamba waren schwierig zu beschaffende Geschenke, aber jenes für Robert toppte alle. Er hatte eine kleine, zierliche Bombe gebastelt, die ungefähr die Hälfte von Roberts angeberisch großem Haus wegreißen sollte. Den Zünder hatte er selbst zusammengelötet mit einer Anleitung aus dem Internet, das Dynamit von einer Baustelle geklaut. Es stand sogar in der Zeitung, was ihn erst recht mit stolz erfüllte.

Das alles zu transportieren, war gar nicht so einfach. Vor allem wollte er nicht unbedingt eine giftige Schlange, eine tödliche Spinne und eine feurige Bombe im Rucksack mit sich herumtragen.

Doch was blieb ihm übrig. Ein Nikolaus musste eben tun, was ein Nikolaus tun musste. So packte er also am Abend des sechsten Dezembers alle Geschenke in einen großen Jutesack, warf sein Nikolauskostüm über und zog seinen weißen Wallebart vors Gesicht.

Inzwischen dämmerte es bereits, obwohl es noch nicht einmal fünf Uhr war. Daniel warf einen letzten Blick in den Online-Kalender der Nikolausgruppe, überprüfte die Einsatzzeiten der anderen. Sie waren alle unterwegs, hatten ihre Besuche bei Familien, wo sie kleinen Kindern Angst einjagten und dabei ein hübsches kleines Säcklein mit Süßigkeiten und Nüssen daließen.

Daniel würde ihnen in der Zwischenzeit auch ein kleines Säcklein dalassen.

Die Spinne für Thomas warf er durch den Briefschlitz. Sie würde sich irgendwo verstecken und ihm irgendwann eine schöne Überraschung bereiten. Die Schlange für Klaus füllte er aus dem dicken Leinensack, in dem er sie transportierte, direkt ins offene Kellerfenster. Irgendwann würde er wohl eine Flasche Wein aus dem Keller holen und die Überraschung seines Lebens finden.

Das gepanschte Bier für Franz stellte er zu den anderen in den Kasten auf der Terrasse. Es war gut zu wissen, dass dieser sein Bier im Winter dort kühl stellte.

Bei Eugen war es noch einfacher, da standen diese ulkigen roten Nikolausstiefel mit dem weißen Fellrand vor der Türe. Für Eugen, seine Frau und für jedes der drei Kinder. Daniel stellte den Whisky in den größten Stiefel und spazierte vergnügt davon.

Nun war nur noch Robert übrig. Die Dynamit-stangen befestigte er hinter einer dieser protzigen Marmorsäulen, die das Vordach stützten. Ganz oben im Schatten, wo nie jemand hinschaute. Der flache Zündmechanismus kam unter die Fußmatte. Robert würde bestimmt die Füße abtreten, wenn er nach Hause kam. Und dann würde es knallen. Das Verbindungskabel versteckte Daniel zwischen den anderen Kabeln für die Weihnachtsbeleuchtung.

Zufrieden sah er sein Werk an. Ja! Das sollte funktionieren und würde Robert eine feurige Niko-laus-Überraschung bereiten. Nun war nur noch ein letzter Gang zu tun, jener zur Kirche. Nicht etwa, um zu beten, sondern um in den Kirchturm hinauf zu steigen. Dort würde er ausprobieren, ob der Ni-kolaus vielleicht fliegen konnte.

7 Hinter dem Wasserfall

Man erzählte sich, dass hinter dem Wasserfall am Tannenbergbach eine Fee wohnte, die Wünsche erfüllte. Und das konnte Nadine jetzt wirklich brauchen. Alles war irgendwie total daneben gegangen. Sie war erst fünfundzwanzig und ihr Leben war schon ziemlich im Arsch.

Sie hatte einen Haufen Schulden und war gerade zum dritten Mal angezeigt worden, weil sie im Kleidergeschäft beim Bahnhof diesen coolen Pulli gestohlen hatte. Diesmal kam sie bestimmt nicht mehr mit einer bedingten Strafe davon, musste womöglich ins Gefängnis.

Sofern nicht noch ein Wunder passierte. Und genau so ein Wunder erhoffte sie sich von der Fee hinter dem Wasserfall. Sie klammerte sich an jeden Strohhalm, versuchte alles, um aus diesem Schlamassel wieder raus zu kommen.

Es war so einfach, da hinein zu geraten, und so schwierig, es wieder raus zu schaffen. Das Leben war manchmal einfach unfair.

Dabei hatte sie eigentlich reiche Eltern, die den Schaden locker begleichen könnten. Doch diese hatten sich von ihr abgewandt. Von ihrer eigenen Tochter! Bloß, weil sie einmal etwas gestohlen hatte.

Gut, dass sie Papas Jaguar geschrottet hatte – noch dazu ohne Führerschein -, war natürlich auch nicht gerade hilfreich gewesen. Aber für ihn war das doch nur ein Klacks. Er hatte ja immer noch drei Autos. Und was tat ihr gemeiner Vater? Er zeigte sie an und wollte den Schaden von ihr ersetzt haben. Woher sollte sie so viel Geld bekommen, wenn er es ihr nicht gab?

Immerhin hatte sie nun von dieser Fee gehört. Wenn die wirklich existierte, konnte die dafür sorgen, dass ihr Leben wieder in Ordnung kam.

Nadine stapfte also durch den verschneiten Wald, selbst mit ihren hohen Schnürstiefeln ein schwieriges Unterfangen. Am Berg, wo die Bäume nicht mehr so dicht standen, wurde es noch schwieriger. Sie folgte dem Lauf des Baches steil empor.

Dass noch nie jemand auf die Idee gekommen war, hier einen Weg anzulegen! Stattdessen musste sie hier über vereiste Felsen klettern, sich mit bloßen Händen an Eiszapfen festhalten. Zweimal schon hatte sie sich ein Stück Haut von der Fingerkuppe gerissen, als sie am Eis kleben geblieben war.

Nadine konnte den Wasserfall bereits hören, zwar durch eine dicke Schicht Eis gedämpft, aber doch rauschend. Erst jetzt fiel ihr ein, dass sie sich gar nie überlegt hatte, wie sie eigentlich hinter den Wasserfall kommen sollte. Sie konnte ja schlecht einfach so durch das eisige Wasser gehen. Doch die Natur meinte es gut mit ihr, der Wasserfall war so weit überhängend, dass sie bequem seitlich hinter der Wand aus Wasser durchschlüpfen konnte.

Sie kam in eine Höhle, die vollkommen von dem Rauschen des Wassers erfüllt war. Ohrenbetäubend laut prasselte es an ihr vorbei in die Tiefe. Die Höhle war leer bis auf einen kleinen steinernen Sessel, der ein bisschen aussah wie ein einfacher Thron. Und darauf saß ein kleines Geschöpf, ganz in Weiß gekleidet. Nadine hielt es zuerst für eine Eisskulptur, erst als die Fee zu sprechen begann, merkte sie, dass es sich dabei um ein lebendes Wesen handelte.

Allerdings konnte man es nicht wirklich sprechen nennen. Die Stimme tauchte einfach direkt in ihrem Kopf auf. War das Telepathie?

‹Ja, so nennen es die Menschen›, antwortete die Fee direkt in ihrem Kopf. ‹Telepathie. Also, was führt dich hierher, junges Fräulein?›

‹Fräulein›, dachte Nadine, ‹was dachte sich dieses Ding! Sie führte sich auf wie Herr Hauser damals in der Schule!›

‹Entschuldige, ich wusste nicht, dass du das nicht gerne hörst.›

Mist! Sie musste darauf achten, was sie dachte. Diese Fee hörte alles mit.

‹Keine Sorge›, sagte die Fee. ‹Und jetzt sag mir, was dich hierher führt.›

«Ich bin gekommen, weil ich Hilfe brauche», sagte Nadine laut.

‹Du musst es nicht sagen, ich kann dich nicht hören bei dem Lärm des Wasserfalls, denke es einfach›, erklang es in ihrem Kopf.

Daran musste sie sich erst gewöhnen. Also wiederholte sie ihren Hilferuf noch einmal im Geiste.

‹Wobei brauchst du Hilfe?›

‹Ich brauche Geld! Mindestens hunderttausend.›

‹Einfach nur Geld? Dabei kann ich dir nicht helfen. Aber ich könnte dir helfen, eine Arbeit zu finden.›

‹Arbeit! Was soll ich mit Arbeit? Ich will Geld!›

‹Nun, du bekommst Geld für deine Arbeit, oder?›

‹Die paar Kröten, das reicht doch nie! Und schon gar nicht schnell genug!›

Eine telepathische Unterhaltung war unglaublich. Wenn das jetzt jemand sehen würde, wie sie sich nur anstarrten und in Gedanken miteinander sprachen. Sie sahen bestimmt lächerlich aus.

‹Keine Sorge, uns schaut niemand zu›, sagte die Fee.

‹Aber das kann ja nicht alles sein, dass ich arbeiten soll? Was bist du für eine Fee? Du sollst Wünsche erfüllen und nicht Pflichten auferlegen?›

In diesem Moment geschah etwas Unglaubliches. Die kleine weiße Fee wuchs in die Höhe, wurde größer und größer, veränderte ihre Farbe zu einem tiefen Purpurrot. Sie schnellte hoch von ihrem Thron, richtete sich überwältigend groß vor Nadine auf. Dann blickte sie aus giftgelben Augen auf sie herab und schrie sie an: «Was glaubst du, wer du bist, junges Fräulein? Kommst hierher, stellst solche Forderungen und hast nicht einmal ein Geschenk für mich dabei!»

Kleine Blitze stoben von ihren Augen davon wie die Funken an einer Wunderkerze. Diesmal hatte sie wirklich geschrien, laut und deutlich. Nadine konnte die Schallwellen sogar durch ihre dicke, wattierte Jacke hindurch auf ihrer Brust spüren.

Sie kauerte sich nieder vor dem plötzlich so Ehrfurcht gebietenden Geschöpf, die Hände schützend über den Kopf gehoben.

Dann war der Ausbruch vorbei, die Fee schrumpfte wieder zu ihrer kleinen, weißen Gestalt zusammen.

‹Aber ich werde dir trotzdem helfen›, erklang die Stimme jetzt wieder in Nadines Kopf. ‹Ab sofort wird alles, was du tust, von finanziellem Erfolg gekrönt sein. Und zwar genau ein Jahr lang. Das sollte reichen, um deine Schulden zu bezahlen und die Menschen in deiner Umgebung für die Schwierigkeiten zu entschädigen, die du ihnen gemacht hast. Und in genau einem Jahr kommst du wieder hierher. Ich bin alt und brauche eine Nachfolgerin. Und das wirst du sein! Du wirst hier leben, viele Jahre lang, und du wirst den Menschen ihre Wünsche erfüllen. Dann wirst du lernen, was es heißt, richtige Wünsche zu haben. Wirst du das tun?

Das gefiel Nadine gar nicht. Aber andererseits wären so ihre Probleme für den Moment gelöst. Und wenn sie in einem Jahr einfach nicht wiederkam? Sollte diese Fee doch hier warten.

‹Also, was sagst du?›, fragte die Fee in ihrem Kopf.

«Einverstanden», antwortete Nadine laut und zur Sicherheit auch noch in Gedanken.

‹Gut. Und als Pfand nehme ich dein Herz zu mir. Wenn du in einem Jahr nicht hier auftauchst, wird es einfach aufhören zu schlagen.›

Ein Blitz zuckte durch die Höhle, Nadine fühlte einen harten Schlag gegen ihre Brust, Rauch stieg auf, dann war sie ganz allein. Der steinerne Thron war leer.

Sie drückte ihre Hand an die Brust, versuchte ihren Herzschlag zu spüren. Doch da war nichts. Sie suchte den Puls an ihrem Handgelenk. Auch dort war nichts zu spüren. Konnte es sein, dass die Fee tatsächlich ihr Herz behalten hatte? Aber wie konnte es sein, dass sie trotzdem noch lebte? Und was wäre in einem Jahr?

Nadine setzte sich auf den Boden und weinte bitterlich. Und sie versprach sich selbst, das Beste zu machen aus diesem Jahr, das ihr noch blieb.

8 Der Weihnachtsbaum

Es hatte durchaus seine Vorteile, dass die Waldwege überall so gut ausgebaut waren. So konnte Roland mit seinem Volvo-Kombi tief in den Wald hinein fahren, dort wo die schönen jungen Tannen standen.

Es war Zeit, sich einen Weihnachtsbaum zu beschaffen, aber nicht einen aus dem Einkaufszentrum, sondern eine richtige Tanne aus dem heimischen Wald. Das war zwar illegal, aber wer würde schon kontrollieren. Und er nahm schließlich jedes Jahr nur einen einzelnen Baum.

Er fuhr bis zu der kleinen Jagdhütte, wo sich im Herbst der Jäger eine heiße Tasse Kaffee kochte, bevor er in der Dämmerung auf die Pirsch ging. Dort gab es einen Abstellplatz für sein Auto und selbst wenn jemand vorbei kam, müsste dieser glauben, dass der Volvo dem Jagdaufseher gehörte.

Roland schnappte sich seine kleine Handsäge aus dem Kofferraum und ging in den dichten Wald. Dort lag zum Glück fast kein Schnee, sodass er mit seinen dicken, warmen Stiefeln schnell vorankam. Direkt vor ihm stand eine Gruppe von jungen Tannen, vielleicht zehn Stück, alle etwa drei Jahre alt. Da musste der Revierförster wohl auch bald etwas Platz schaffen.

Für Roland allerdings bot diese dichte Gruppe einen perfekten Sichtschutz gegen die Straße hin. Und direkt dahinter fand er, was er suchte. Ein perfekter Weihnachtsbaum, knapp zwei Meter hoch, absolut symmetrisch und genau in der richtigen Dichte gewachsen.

Er kniete sich nieder am Fuß der kleinen Tanne und setzte seine Säge an. Mit einem kräftigen Zug riss er eine erste Kerbe in die Rinde, doch kaum hatte er das getan, gellte ein ohrenbetäubender Schrei durch den Wald.

Was war das? Roland sah sich erschrocken um. Es war niemand zu sehen. Er lauschte, doch der Wald blieb still, abgesehen von den üblichen Waldgeräuschen: geschmolzener Schnee, der von den hohen Bäumen herab tropfte, kleine Schneelawinen von den schwer beladenen Ästen, die mit einem satten Plumps auf den Boden fielen.

Er setzte seine Säge wieder an, schnitt etwas tiefer und im selben Moment gellte wieder ein Schrei. Es kam ihm fast so vor, als ob die Tanne vor Schmerz schreien würde. Das war natürlich Unsinn.

Noch einmal zog er an seiner scharfen Säge und noch einmal gellte der Schrei. Roland ließ die Säge fallen und schaute die Tanne an. War es wirklich die Tanne, die schrie, wenn er sägte? Das war doch unmöglich. Oder?

Jetzt hörte er auch stampfende Schritte. Also doch! Die Forstaufsicht kam, doch als er sich umschaute, war weit und breit kein Mensch zu sehen.

Aber diese Schritte! Schwere, stampfende Schläge, dass Schneelawinen von den hohen Tannen rieselten.

Was war das? Ringsum nichts als Bäume und doch musste etwas da sein. Roland hob seine Säge auf, hielt sie schützend vor sich. Ihm war, als würde die kleine Tanne vor ihm jetzt leise wimmern wie ein verletztes Kind.

Ihm wurde das Ganze langsam zu unheimlich. Ganz egal, ob es nur in seiner Einbildung stattfand oder in Wirklichkeit, er würde in seinen Volvo steigen und woanders nach einem passenden Weihnachtsbaum suchen. Er erhob sich aus seiner kauernden Stellung und kämpfte sich durch die kleine Baumgruppe, die ihm vorhin diesen tollen Sichtschutz zur Straße hin geboten hatte. Jetzt schienen sie ihn eher zurückzuhalten, mit ihren nadelbewehrten Ästen nach ihm zu greifen.

Er kämpfte sich hindurch und stand plötzlich vor einer riesigen Tanne. Die war vorhin bestimmt noch nicht da gewesen! Wo war die hergekommen?

«Lässt du meine Kinder in Ruhe, du Unhold!», dröhnte eine tiefe Stimme von der Tanne herab.

Roland schaute fassungslos nach oben. Etwa vier Meter über Boden erkannte er ein schartiges Borkengesicht mit Augen wie große Astlöcher und einem wulstigen Mund, wo die Rinde eine handtellergroße Öffnung aufwies.

Zwei starke hölzerne Äste griffen nach Roland, stachen ihre Nadeln in seine Oberarme, während sie

44

ihn anhoben, hinauf zu dem unheimlichen Gesicht mit den spitzen Holzzähnen.

Roland schrie so laut er konnte, doch niemand hörte ihn. Er hatte geplant, weitab von allen anderen Menschen zu sein. Und da war er jetzt. Mitten im Wald, ganz allein, mit einem lebendig gewordenen Baum!

«Ja, schrei nur, du Wicht», grollte der Baum. «Was fällt dir ein, meine Kinder zu verletzen!»

Nur noch Zentimeter trennten Roland von den spitzen Zähnen des Baummonsters. Er konnte sogar den Atem riechen, wie diese Kräuterbonbons, die er als Kind so gerne geschleckt hatte.

«Bitte, tu mir nichts», flehte er den Baum an. «Ich werde nie wieder einen Baum verletzen!»

Der Tannenmann riss seinen Mund noch weiter auf. Fingerlange Zähne schnappten auseinander, bereit zuzubeißen und Rolands Leben ein jähes Ende zu bereiten. Dann klappte der hölzerne Kiefer zu, nur Zentimeter vor Rolands Gesicht.

«Du bist es nicht wert!», grummelte der Baum und ließ ihn fallen. «Und jetzt verschwinde!»

Mit seinen langen Wurzelfüßen trat er nach Roland, scheuchte ihn hinauf zur Straße, wo dieser in seinen Volvo sprang und so schnell davon brauste, dass Kies und Schnee in alle Richtungen stoben.

Im Rückspiegel beobachtete Roland, wie der Baum gemächlich von der Straße zurück zu der Baumgruppe ging, sich dort wieder hoch aufrichtete und schließlich kerzengerade stehen blieb.

9 Der Anhalter

Ich hatte immer schon Anhalter mitgenommen, wenn es möglich war. Auch im letzten Herbst auf der Passstraße Richtung Flüela kurz hinter Davos. Da war dieser junge Mann, vielleicht fünfundzwanzig Jahre alt, mit langen blonden Haaren, Lederjacke und Motorradstiefeln. Zuerst dachte ich, er sei vielleicht mit seinem Motorrad gestürzt, doch es war keines zu sehen und er schien in Ordnung zu sein.

«Wie heißt du?», fragte ich, als er im Wagen saß.

«Roger», antwortete er. «Du?»

«Ich bin Andreas, schön dich kennenzulernen. Wo willst du denn hin.»

«Nach Zernez.»

«Wohnst du da?»

Er drehte sich zu mir um. «Sag mal, soll das jetzt auf der ganzen Fahrt so weiter gehen, dass du mich ausquetschst?»

«Muss nicht sein. Ich wollte halt etwas Konversation machen. Ist ja ein ganzes Stück Fahrt.»

«Kannst du das auch einfach lassen?»

«Klar», sagte ich und fragte mich gleichzeitig, warum er nichts über sich erzählen wollte. Die Stille im Auto machte mir Angst, dieser junge Mann neben mir, so ganz der schweigsame Bösewicht aus dem Sonntagabend-Krimi. Ich fragte mich, ob ich ihn wieder rauswerfen sollte? Aber eigentlich hatte er mir ja nichts getan. Er wollte nur nicht reden.

Ich fuhr also weiter Richtung Passhöhe, immer dem Bach entlang das schmale Tal hinauf. Zuerst standen noch einige Bäume auf beiden Seiten, später wichen diese dann dem Heidekraut und den Alpenrosen, bis schließlich nur noch mageres Gras wuchs zwischen den Felsen. Mit jeder Kehre kletterte mein Auto höher die Passstraße empor auf einen der höchsten Pässe der Schweiz. Als mir die Bordelektronik verkündete, dass nun auch das Netz meines Mobiltelefons verloren gegangen war, wurde ich unruhig.

Ich rutschte auf dem Sitz hin und her, konnte es kaum erwarten, endlich über die Passhöhe hinweg zu kommen und die Fahrt ins Tal anzutreten. Je schneller ich Zernez erreichte, umso schneller war ich meinen seltsamen Fahrgast wieder los.

Er sass neben mir, blickte angestrengt geradeaus, als ob er auf etwas warten würde. Ich wagte mir nicht auszumalen, was er erwartete.

Irgendwann sprach er doch wieder. «Siehst du die Alphütte da oben links?», fragte er.

Ich sah sie. Eine kleine Steinhütte, vermutlich nur ein einzelner Raum mit Kochnische, Bett, Tisch und Stuhl. Klein und geduckt kauerte sich die Hütte an die Felswand.

«Ich muss da kurz aussteigen. Kannst du dort anhalten?»

«Was willst du denn da?», fragte ich.

Er sah mich vorwurfsvoll an. «Hinter die Hütte pinkeln? Oder wäre es dir lieber, wenn ich das direkt beim Auto täte.»

«Nein, schon gut, ich halte dort.»

Er sprang aus dem Auto, kaum dass die Räder stillstanden. Er schien es wirklich eilig zu haben, rannte in diesem wackelnden Gang, den alle haben, wenn sie dringend zur Toilette müssen. Dann verschwand er hinter der Hütte.

Ich überlegte, ob ich losfahren sollte und ihn hier stehen lassen. Er war mir schon ziemlich unheimlich. Aber so fies war ich nicht, auch dann nicht, wenn ich mich fürchtete. Hier am Ende der Welt zwischen Felsen, Murmeltieren, Steinböcken und einsamen Alphütten ließ man keinen Menschen einfach so stehen.

Ich stellte also den Motor ab und wartete. Eine ganze Weile. Ich schaltete das Radio ein, hörte die Nachrichten, danach sang Miley Cirus etwas über eine Abrissbirne.

Irgendwann fragte ich mich, was er wohl so lange da oben tat. Ob ich nachsehen sollte? Wie peinlich, wenn ich um die Hütte herum kam und er mit heruntergelassenen Hosen da kauerte. Lieber ließ ich ihm noch etwas Zeit.

Ich wartete noch einen Song ab, irgendein Rap-Song, furchtbar langweilig. Als der junge Mann danach immer noch nicht zurück war, traf ich eine Entscheidung. Ich drückte einmal lang auf die

Hupe, dann stieg ich aus dem Wagen. «Roger? Bist du fertig?»

Es kam keine Antwort.

Verdammt! Ich musste nach ihm sehen. Wenn er in Ohnmacht gefallen war und Hilfe brauchte? Dann musste ich einfach darüber hinweg sehen, dass er vielleicht halb nackt in seinen eigenen Exkrementen lag.

«Roger! Ich komme jetzt!», rief ich noch einmal und als er nicht antwortete, ging ich forschen Schrittes über die Straße zu der Hütte hin.

Als ich um die Ecke bog, war mir auch klar, warum er nicht antwortete. Er lag am Boden, über und über mit Blut besudelt! Ein Dutzend tiefe Schnitte überzogen seine Brust, seinen Bauch und seinen Hals.

Ich schaffte es gerade noch, mich von ihm weg-zudrehen, bevor ich den Inhalt meines Magens über das trockene Gras verspritzte. Ich musste mich an einem Felsbrocken abstützen, damit ich nicht vorn-über in meine eigene Kotze fiel.

Als es mir endlich gelang, mich wieder aufzu-richten und hinter der Alphütte hervorzukommen, fühlte ich mich absolut leer, nicht nur mein Magen, sondern auch mein Kopf fühlte sich total leer an.

Wie in Trance wankte ich zurück zu meinem Auto, stieg ein und fuhr los. Ich wollte einfach nur weg von diesem grässlichen Ort.

Dass ich keinen Unfall baute, war reiner Zufall. Bis heute weiß ich nicht, wie ich es geschafft habe, das Flüela Hospiz zu erreichen.

Ich muss ausgesehen haben wie eine Leiche, als ich das Restaurant betrat. Ingrid, die Serviererin, begleitete mich zum nächsten Tisch und stellte mir einen heißen Kaffee hin.

«Was ist denn mit dir passiert?», wollte sie wissen. Zum Glück war ich zu der Zeit der einzige Gast, sodass ich ihr zitternd und bibbernd von dem Mord an dem jungen Mann erzählen konnte.

«Wie sah er denn aus, dieser Roger?», wollte sie wissen.

Ich beschrieb ihn ihr, und je länger ich erzählte, desto unruhiger rutschte sie auf ihrem Stuhl herum.

«Es ist also schon wieder passiert?», murmelte sie.

«Wir müssen die Polizei rufen!», verlangte ich.

«Das hat noch Zeit. Erst musst du mir eine Frage beantworten, ja?»

Sie ging zum Buffet, holte uns beiden einen Kräuterschnaps und eine Zeitung, die sie offen vor mich hinlegte.

Ich traute meinen Augen nicht! Da war ein Bild von Roger! Als ich ihr das sagte, nickte sie nur. Dann deutete sie auf das Datum oben auf der Zeitung. Es lag vier Jahre zurück! Und in dem Artikel war die Rede davon, wie ein junger Motorradfahrer, der eine Panne gehabt hatte, von einem Mann mitgenommen und dort hinter der Alphütte brutal er-

mordet worden war. Vier Jahre, bevor er mir begeg-
net war!

10 Der Käfer

Ich wusste nicht, was mich geweckt hatte. Die Digitalanzeige meines Weckers zeigte drei Uhr vierundzwanzig. Von draußen hörte ich das leise Plätschern des Baches, der am Haus vorbei lief, weit entfernt einige Autos, die über die Autobahn brausten, im Bad tropfte der Wasserhahn. Das musste es sein!

Ich stand auf, schlurfte im Dunkeln mit bloßen Füssen ins Bad. Wo ich schon mal da war, setzte ich mich auf die Schüssel und erleichterte mich. Dann wusch ich mir die Hände und stellte sicher, dass der Hahn richtig zugedreht war, bevor ich mich wieder ins Bett legte.

Ich war kurz davor, wieder einzuschlafen, als etwas über mein Gesicht krabbelte. Eine Spinne? Ein Käfer? Sofort war ich hellwach, sprang auf und zündete die Lampe auf meinem Nachttisch an. Ich suchte das ganze Bett ab. Irgendwo musste dieses Tier sein! Aber ich fand es nicht.

Ich wusste genau, dass es da war, aber wo? Ich schüttelte die Decke aus, das Kissen, hob sogar die Matratze an. Nichts! Nur ein Staubknäuel unter dem Bett, der davon wehte, als ich die Matratze wieder fallen ließ. Fast wie eine Spinne, aber eben doch nicht ganz.

Ich hatte mal irgendwo gelesen, dass jeder Mensch im Laufe seines Lebens ein Dutzend Spinnen verschluckte, während er schlief. Ich wusste zwar nicht, ob das wahr war, aber der Gedanke daran war absolut eklig und gut geeignet, mich dauerhaft wach zu halten.

Ich spähte in jede Ecke des Zimmers. Irgendwo musste das Tier sein! Und während ich noch so dastand und mich umsah, spürte ich es an meinem linken Ohr. Panisch schlug ich darauf, versuchte es von meinem Kopf wegzukriegen. Doch ich musste es ausgesprochen blöd erwischt haben. Es floh direkt in meinen Gehörgang.

Ich konnte die kleinen Beine spüren, wie sie da in meinem Ohr herum wuselten. Panisch versuchte ich, das Tier wieder heraus zu ziehen, doch ich konnte es nicht fassen. Es musste wirklich ein Käfer sein, einer mit einem harten Panzer.

Dieses Kitzeln im Ohr trieb mich in den Wahnsinn. Ich musste diesen Käfer da rauskriegen! Ich stürmte wieder ins Bad, riss den Spiegelschrank auf. Da lagen diese Wattestäbchen, die ich immer nahm, um mir die Ohren zu säubern. Aber bei einem Käfer war das definitiv eine schlechte Idee. Ich schob ihn damit nur noch tiefer rein.

Jetzt hörte ich ihn sogar. Ein schabendes Geräusch, unglaublich laut, direkt vor meinem Trommelfell. Ich musste dieses Vieh da heraus bekommen! Da musste doch irgendwo eine Pinzette sein.

Mit hektischen Bewegungen riss ich alles aus dem Spiegelschrank. Verbandsstoff fiel herab, Pflaster, Fläschchen mit irgendwelchen Tinkturen, Pillendosen. Wozu brauchte ich eigentlich all dieses Zeug?

Endlich fand ich das spitze Instrument und versuchte damit, den Käfer zu fassen. Doch ich rutschte damit genauso ab wie zuvor mit bloßen Fingern. Er kroch noch etwas tiefer hinein, das Schaben wurde noch lauter.

«Dann ersäufe ich dich eben!», schrie ich und hielt den Kopf unter die Dusche, versuchte den Käfer mit heißem Wasser herauszuspülen. Doch das schien ihn regelrecht in Panik zu versetzen. Er krabbelte noch tiefer, ich konnte deutlich spüren, wie seine Zähne gegen mein Trommelfell drückten.

Einen Moment später hörte ich nichts mehr auf diesem Ohr. Es war einfach still. Dafür brandete ein Schmerz auf, den ich so noch nie erlebt hatte. Die ganze linke Seite meines Kopfes schien in Flammen zu stehen, mein Kiefer klappte auf und zu. Mit dem anderen Ohr hörte ich mich selbst schreien.

Das Wasser war definitiv der falsche Weg. Es musste doch die Pinzette sein. Oder sollte ich direkt in die Notaufnahme fahren?

Ein neuer gellender Schmerz in meinem linken Ohr krümmte meinen ganzen Körper zusammen. So konnte ich nicht fahren. Aber vielleicht konnte ich den Notruf alarmieren? Auf Händen und Knien kroch ich zurück ins Wohnzimmer, wo mein Handy lag.

Der Käfer schien sich inzwischen weiter Richtung Hirn durchzubeißen. Grausame Schmerzschübe schüttelten mich, ich riss mit aller Kraft an meinem Ohr. Frisches, warmes Blut tropfte über meine Hand. Dieses verdammte Biest fraß mein Gehirn weg!

Ich kroch zu meinem Handy und schaffte es, den Notruf zu wählen, dann schüttelte mich eine erneute Schmerzattacke. Es fühlte sich an, als würde sich dieses Biest gerade durch meine Hirnhaut fressen. Heiße und kalte Schauer strömten gleichzeitig durch meinen Körper. Meine Sicht verschwamm, ich konnte kaum noch das Display meines Handys erkennen.

Weit entfernt fragte eine Stimme «Hallo? Wer ist da? Brauchen sie Hilfe?»

Zwischen Schreien des Entsetzens und des Schmerzes schaffte ich es, meinen Namen und meine Adresse zu nennen.

«Was fehlt Ihnen?», wollte die Frau am Telefon wissen.

«Kommen Sie schnell!», schrie ich, ohne auf ihre Frage einzugehen. Ich konnte ihr doch nicht sagen, dass ein Käfer mein Hirn auffressen wollte. Sie würde mich für verrückt halten.

Der Käfer biss sich weiter seinen Weg durch meinen Kopf hindurch. Ob er irgendwann einfach auf der anderen Seite wieder herauskäme?

Oh, mein Gott, diese Schmerzen waren so unerträglich. Ich heulte wie ein kleines Kind, stammelte ins Telefon «Kommen Sie … schnell her.» Ich wusste nicht, ob da überhaupt noch jemand zuhörte. Ich heulte vor Schmerz und Entsetzen.

Dann wurde meine Wohnung schlagartig dunkel. Offenbar hatte dieser verdammte Käfer den Sehnerv erwischt. Ich presste meine Fäuste auf die Ohren, versuchte die Schmerzen damit zu erdrücken. Mein linkes Ohr war nur noch eine breiige Masse blutigen Fleisches.

Irgendwann würde es vorbei sein, spätestens dann, wenn der Käfer meinem Hirn den Todesbiss versetzte. Und ich wünschte, es wäre endlich so weit!

Eine Ewigkeit später tauchte in meinem Wohnzimmer eine fremde Stimme auf, jemand sprach mit mir, aber ich konnte nichts davon verstehen. Ich spürte, wie ich hochgehoben wurde, dann endlich setzte mein Bewusstsein ganz aus.

Als ich eine Woche später das Krankenhaus wieder verlassen durfte, konnte ich sogar wieder etwas sehen, zwar nur schemenhaft, aber immerhin. Dieser Käfer war eine Kakerlake gewesen und ich habe erfahren, dass dies viel öfter passiert, als man glauben würde. Aber mein Fall war insofern speziell, dass sie sich tatsächlich weit durch meinen Gehörgang durchgefressen hatte. «Mit Ihrem Gleichgewicht werden Sie vermutlich Ihr Leben lang Probleme haben», erklärte der Arzt. Er meinte das im körperlichen Sinne, aber ich denke, noch viel schwieriger wird es werden, mein seelisches Gleichgewicht wieder herzustellen.

11 Die tote Ziege

Chris war wieder einmal spät dran. Er plante die Termine zu seinen Verkaufsgesprächen einfach zu knapp. Aber mit einem kräftigen Druck aufs Gaspedal sollte er die verlorene Zeit eigentlich noch einholen.

Er musste in zwanzig Minuten in Nesslau sein und war gerade durch Urnäsch gerauscht. Das Navi hatte die Ankunftszeit auf 15:08 berechnet. Wenn er über die Schwägalp ein bisschen mehr Gas gab, sollte er diese acht Minuten noch hereinholen. Sein Wagen mit 180 PS sollte das problemlos schaffen.

Auf den Geraden beschleunigte er jeweils auf deutlich über hundertzwanzig, vor den Kurven bremste er abrupt ab und lenkte den Wagen mit quietschenden Reifen herum. Er genoss dieses Rallye-Gefühl, Adrenalin schoss ihm ins Blut. Er lenkte konzentriert und aufmerksam, holte aus seinem Wagen alles heraus, was möglich war, und manchmal sogar ein bisschen mehr.

Das kleine Waldstück nach dem Rossfall, wo die Straße fast immer nass war, nahm er mit knapp hundert, dann kamen die beiden engen Kurven, wo immer die Wanderer ihre Autos abstellten. Und in der zweiten Kurve passierte es. Eine Ziege stand mitten auf der Fahrbahn! Chris versuchte noch, um sie herum zu lenken, und fast hätte er es geschafft. Doch sein rechter Außenspiegel traf die Ziege am Kopf. Der Spiegel brach ab, die Ziege fiel um.

Chris schaute in den Rückspiegel, sah das Tier auf der Straße liegen. Ein junges Mädchen stand am Straßenrand und fuchtelte ihm hinterher, doch er ließ sich davon nicht beeindrucken. Die Kleine sollte sich um die Ziege kümmern, er hatte keine Zeit dafür, er musste weiter. Die geschätzte Ankunftszeit lag jetzt schon bei 15:06.

Während Chris weiter raste, saß die kleine Eveline bei ihrer liebsten Ziege Flummy, die auf der Straße langsam verblutete. Dieser rüpelhafte Mensch hatte sie einfach über den Haufen gefahren und liegen lassen. Eveline weinte bittere Tränen und verfluchte diesen rücksichtslosen Mann in seinem teuren Auto. Sie nahm ihre Flummy sanft auf den Arm und trug sie ins weiche Gras am Straßenrand.

«Ich wünschte, er wüsste, wie es sich anfühlt, eine Ziege zu sein», murmelte sie.

Da erklang eine leise Stimme aus dem nahen Waldrand. «Dein Wunsch sei mir Befehl.»

Eveline suchte, wem diese Stimme gehörte, sah zwischen den Bäumen eine kleine Gestalt davon huschen, winzig und fast durchsichtig. Oder bildete sie sich das nur ein? Ihre Mama hatte schon oft gesagt, dass sie Dinge sehe, die eigentlich gar nicht da waren.

Jedenfalls sollte sie zurück zur Alphütte, wo ihre Mama am Putzen war, bevor es für den Winter wieder hinunter ins Dorf ging. Und Papa musste Flummy hier abholen.

Chris hatte bereits die Passhöhe hinter sich und war schon auf halbem Weg ins Toggenburg, als die Kopfschmerzen begannen. Rasende Kopfschmerzen, sodass er sich kaum noch aufs Fahren konzentrieren konnte. Die geschätzte Ankunftszeit war jetzt 14:59, genau wie erwartet. Allerdings fragte er sich, ob er mit diesen Kopfschmerzen ein gutes Verkaufsgespräch führen konnte.

Er nahm etwas Gas weg und massierte sich die Schläfe, das half normalerweise gegen Kopfschmerzen.

Diesmal nicht. Ganz im Gegenteil, als er bei seinem Kunden auf den Parkplatz fuhr, fühlte sich sein Kopf an, als würde er explodieren.

«Haben Sie vielleicht ein Aspirin für mich», fragte er als Erstes, als er sich bei der Dame am Empfang meldete. Diese war selbst oft von Migräne geplagt und hatte eine Tablette für ihn.

Im Besprechungsraum spulte Chris seine Präsentation vor dem Geschäftsführer und seinem Verkaufsleiter ab. Es lief mechanisch und einstudiert, seine Kopfschmerzen wurden einfach nicht besser.

Was es noch schlimmer machte, waren die Blicke, welche sie ihm zuwarfen. Diese Blicke, die ganz offen fragten, ob er noch bei Sinnen war, dieses unangenehme Starren mit offenem Mund.

Irgendwann unterbrach Chris seinen Vortrag und fragte: «Stimmt etwas nicht?»

Der Geschäftsführer zeigte auf seine Stirn. «Tut das weh?»

Chris legte seine Hand auf die Stirn. Da wuchsen zwei Beulen direkt beim Haaransatz.

«Es schmerzt wie die Hölle. Darf ich vielleicht kurz ihr Badezimmer benutzen?»

Der Geschäftsführer rief irgendwo an und gab den Auftrag, Chris zur Toilette zu begleiten. Wenig später war jene Sekretärin wieder da, die ihm die Tablette gegeben hatte.

«Oje? Wie sehen Sie denn aus? Das muss doch schrecklich wehtun. Kommen Sie, ich bringe Sie zur Toilette.»

Chris tastete noch einmal über seinen Kopf. Die beiden Beulen über den Augen fühlten sich hart und spitz an. Als ob er irgendwo heftig den Kopf gestoßen hätte.

«Hier, bitte», die Sekretärin stieß die Türe auf und ließ ihn eintreten. «Ich warte hier draußen auf Sie.»

Endlich konnte Chris sein Gesicht im Spiegel betrachten, oder besser seinen Kopf. Dieser schien seltsam deformiert. Die Beulen sahen ein bisschen aus wie Hörner, sein Gesicht wirkte damit länger und spitzer.

Er wusch sich das Gesicht mit kaltem Wasser. Das sollte seine Kopfschmerzen wenigstens lindern. Aber als das kühle Wasser die beiden Beulen berührte, zuckte Chris vor Schmerz zusammen. Es brannte wie in einer offenen Wunde. Und vielleicht war es genau das? Die Haut war aufgeplatzt und darunter war etwas Knochiges aufgetaucht.

Es blutete zwar nicht, aber es schmerzte höllisch. Das sah fast aus wie…

Chris starrte fassungslos in den Spiegel. Konnte es wirklich sein, dass ihm Hörner aus dem Kopf wuchsen wie bei einer Ziege?

«Ich muss zu einem Arzt», sagte er mit krächzender Stimme zu sich selbst. Dann stolperte er aus der Toilette und direkt in die Sekretärin hinein, die immer noch auf ihn wartete.

«Oh, mein Gott, Sie sehen schrecklich aus.»

«Ich muss zum Arzt. Lassen Sie mich durch. Ich rufe Sie wieder an.»

Chris stürmte aus dem Haus und setzte sich in seinen Wagen. Das nächste Krankenhaus musste in Wattwil sein, keine zwanzig Minuten von hier, selbst wenn er langsam fuhr. Das müsste er eigentlich schaffen.

Zwei Mal rutschte er vom Gaspedal, als er losfahren wollte. Beim dritten Mal klappte es und er war auf dem Weg.

Die ersten fünf Minuten der Fahrt verliefen reibungslos. Dann traten die Schmerzen in den Händen auf. Seine Finger krallten sich so fest ans Lenkrad, dass die Knöchel weiß hervortraten. Chris musste alle Kraft aufwenden, um die Finger wenigstens ein bisschen zu lösen.

Im Rückspiegel betrachtete er sich selbst. Auf seinem Kopf standen jetzt zwei fingerlange Hörner. Dafür ließen sich seine Finger kaum noch auseinander bewegen.

Er fuhr rechts an den Straßenrand, ohne den Blinker zu setzen. Beim Bremsen rutschte sein Fuß ein paar Mal vom Pedal, doch schließlich schaffte er es, anzuhalten und den Wagen zu verlassen.

Die Kopfschmerzen hatten nachgelassen, dafür breiteten sich jetzt unsägliche Schmerzen in Armen und Beinen aus. Finger und Zehen ließen sich nicht mehr bewegen, wurden immer steifer, schienen regelrecht zusammenzuwachsen.

Chris fiel neben seinem Auto auf alle viere, kroch um das Auto herum in die Wiese.

Wie es dort roch! Dieser betörende Geruch nach frischem Gras wie nach einem Sommerregen! Ob er davon einmal abbeißen sollte?

Verdammt! Was geschah nur mit ihm? Er war doch keine Ziege, warum verhielt er sich dann so?

Er musste ins Krankenhaus. Schnellstens! Aber erst wollte er noch kurz etwas von dem leckeren Gras fressen. Der erste Bissen war ungewohnt, er holte sich einen Schnitt an der Lippe, aber es schmeckte ganz hervorragend. So frisch, so lebendig, dieser Geschmack nach frischen Kräutern und süßem Klee.

Was sollte das werden? Er wurde immer mehr zur Ziege. Wenn er nicht sofort ins Krankenhaus kam, war das vielleicht nicht mehr aufzuhalten.

Mit einem letzten Kraftakt setzte sich sein menschliches Dasein noch einmal durch. Er galoppierte um sein Auto herum, wollte einsteigen und losfahren. Doch so weit kam es nicht mehr. Er hatte den Lastwagen übersehen, der auf der Schnellstraße daher rollte.

Ein kurzer, heftiger Aufprall und Chris flog davon, schlitterte über den Asphalt und blieb am Straßenrand liegen.

Der LKW-Fahrer hatte vielleicht nicht einmal bemerkt, dass er ihn angefahren hatte, war einfach weitergefahren. Chris röchelte, eine Rippe hatte sich in die Lunge gebohrt. Mit dem Duft von frischem Gras in der Nase tat Chris seinen letzten Atemzug.

12 Das Zeller-Haus

Fast in jedem Dorf gibt es eines dieser Häuser. Sie stehen oft lange leer, sehen schäbig aus und verfallen langsam und stetig. In unserem Dorf war es das Zeller-Haus. Der letzte bekannte Besitzer war ein gewisser Hans Zeller. Er verschwand vor ein paar Jahren spurlos. Kurz nach Weihnachten musste das gewesen sein.

Seither stand das Haus leer. Die dunklen Holzschindeln hingen schief an der Fassade, einige fielen ganz ab und gaben den Blick frei auf alte, morsche Holzbalken. Jugendliche hatten die Hälfte der Fenster im oberen Stock eingeworfen. Manchmal sah man durch die geborstenen Scheiben Spatzen und Meisen hinein fliegen. Die hatten bestimmt im ehemaligen Schlafzimmer ihre Nester gebaut, in sicherer Entfernung von den Elstern und den anderen Nesträubern.

Auf der Rückseite, wo früher einmal die Küche lag, hingen die Fensterläden schief an nur noch einem Scharnier. Der nächste Wintersturm hätte sie ganz abgerissen. Und niemand hätte sich darum gekümmert. Das ganze Dorf wartete darauf, dass das Haus irgendwann einfach in sich zusammenbrach, schwer vom Alter und den düsteren Geschichten, die sich darum rankten.

Einige erzählten, dass Hans Zeller immer noch manchmal im Haus umging, und zwar als Geist. Die Schüler aus der Oberstufe führten dort oft ihre Mutproben durch, schlichen sich nach der Schule durch ein eingeschlagenes Kellerfenster ins Haus. Wer es schaffte, bis ganz nach oben zu kommen und zur Dachluke hinaus den anderen zuzuwinken, galt als Held.

Nur die wenigsten schafften das, die meisten gaben schon auf der Treppe ins Obergeschoss auf. Erich Schreiner hatte es vor zwei Jahren geschafft, war allerdings danach so verstört aus dem Haus gekommen, dass er zwei Wochen später die Schule abbrechen musste und in eine psychiatrische Klinik eingewiesen wurde.

Dann plötzlich sah es so aus, als würde sich das Schicksal des Hauses ändern. Ein reicher Investor wollte das gesamte Land kaufen und das Haus abreißen.

Im Dorf löste das natürlich die wildesten Spekulationen aus. Im Projekt war die Rede von einem Sechs-Familien-Haus, das anstelle des kleinen Häuschens dort stehen sollte.

Dieses wieder aufflammende Interesse an dem Zeller-Haus löste einen neuen Schub an Mutproben aus. Jetzt wollte jeder Jugendliche, der seine Coolness beweisen musste, noch einmal schnell durch das Haus gehen.

Das lief erstaunlich lange ganz gut. Doch bei dem fünfzehnjährigen Arno Studer ging es dann gründlich schief. Er war mit seinen Eltern erst vor wenigen Monaten ins Dorf gezogen und musste sich natürlich bei seinen neuen Klassenkameraden beweisen.

In Bern war er einer von den ganz Harten gewesen, groß und kräftig gebaut, doch das bedeutete hier gar nichts.

Als Auswärtiger, der keine Ahnung von der Vorgeschichte des Hauses hatte, fand er die Idee vollkommen lächerlich. Das einzig gefährlich darin sei die morsche Treppe, sagte er locker.

Wie er sich damit täuschte! Vieles davon, was er erlebt hatte, weiß man nur von seinen Kameraden, die draußen auf ihn warteten. Von ihm selbst war seither kaum ein vernünftiges Wort mehr zu hören.

Man wusste nur, dass er als normaler, pubertierender Junge reinging und als alter Mann mit weißen Haaren wieder herauskam, der keinen zusammenhängenden Satz mehr formulieren konnte.

Die anderen Jungen hatten von draußen beobachtet, wie er im Treppenhaus nach oben stieg. Es knarzte und quietschte bei jedem Schritt, den er tat. Und als er schon fast das obere Stockwerk erreicht hatte, erkannten die anderen eine zweite Gestalt, die hinter ihm her ging. Ein schreckliches Ungeheuer mit Stacheln anstelle von Haaren, mit einer langen, spitzen Nase, mit der es schnupperte, als ob es sich damit orientierte.

Es bewegte sich in einem holprigen Trott, als ob es ein Bein hinter sich her schleifte.

Doch das Schlimmste waren die feurigen roten Augen mit einer senkrecht geschlitzten Pupille und das hässliche breite Maul mit den zwei Reihen von spitzen gelben Zähnen.

Die Jungen riefen Arno hinterher, er solle aufpassen, doch der schien nichts davon mitzubekommen.

Im Nachhinein wunderten sich alle, dass er dieses Monster nicht gehört hatte, das sich dicht hinter ihm die Treppe hinauf quälte.

Jedenfalls stand er bald schon oben an der Dachluke und winkte hinaus, lachte über die anderen, die ihn aus angstgeweiteten Augen anstarrten und ihm zuriefen, er solle sofort rauskommen, da sei ein Monster hinter ihm her.

«Als ob ich auf eure dummen Monstergeschichten hereinfallen würde», hatte er herab gerufen.

Und dann verschwand er einfach vom Fenster, von einer Sekunde zur nächsten, als ob ihn das Monster von dort weggezerrt hätte.

Die Jungen klammerten sich aneinander, gespannt, was als Nächstes am Fenster auftauchen würde. Und dann brach die Hölle los: Schreie, Kampfgeräusche, Poltern und Krachen.

Irgendwann rollten Arno und das Monster ineinander verkeilt am Fenster des Treppenhauses vorbei, krachend und rumpelnd. Es war schwer zu sagen, wer von den beiden wen im Schwitzkasten hatte. Aber der Kampf schien weniger aussichtslos für Arno, als man zuerst angenommen hatte.

Im Erdgeschoss krachte das Ungeheuer rücklings aus einem Fenster. Die Jungen konnten es zum ersten Mal in seiner ganzen Scheußlichkeit sehen. Es sah aus wie eine riesige Ameise, die auf zwei Beinen ging. Die Jüngeren ergriffen sofort die Flucht. Nur Ivo Staller und Marco Heyer blieben noch und schauten sich das Spektakel weiter an.

Das Ungeheuer war aufgesprungen und schlurfte mit schnellen, kantigen Bewegungen wieder ins Haus zum nächsten Angriff. Es war verletzt, sein rechtes Bein schleifte es ungeschickt hinterher.

Sobald es wieder im Haus war, flammte der Kampf erneut auf. Stöhnen, Kreischen, Schreien, harte Schläge, krachendes Holz. Der Kampf verlagerte sich langsam in den Keller. Grün flackerndes Licht leuchtete bald hinter den Kellerfenstern, wurde immer intensiver.

Dann ließ eine Explosion den Boden beben, grüne Flammen schlugen aus den Kellerfenstern. Die Kampfgeräusche verstummten. Alles verstummte.

Eine Weile war alles still. Abgesehen von dem Knistern der grünen Flammen war kein Mucks zu hören, weder von den Zuschauern noch von Arno oder dem Ungeheuer.

Dann schwang die Haustüre auf und Arno stolperte heraus. Zumindest das, was von ihm übrig war. Er schien um Jahrzehnte gealtert, sein ehemals flachsblondes Haar war jetzt weiß wie Milch. In seinem Gesicht stand ein Ausdruck von nacktem Entsetzen.

Ivo und Marco liefen ihm entgegen, stützten ihn, führten ihn weg vom Haus und bestürmten ihn gleichzeitig mit Fragen. «Was war das?» «Was ist passiert?» «Was ist mit dir passiert?»

Doch Arno sprach nicht mehr, quetschte nur noch einzelne Wörter zwischen zusammengekniffenen Lippen hervor. «Dämon … Kampf … zurückgetrieben».

Sie hatten ihn inzwischen bis hinter den Gartenzaun gebracht. Er stützte sich schwer auf sie. Gemeinsam blickten die drei Jungen auf das grünlich brennende Inferno zurück.

Und wie sie dort standen und die Überreste des Zeller-Hauses anstarrten, dröhnte eine zweite Explosion aus dem Keller. Eine riesige grüne Flammenfaust schoss empor, packte das gesamte Haus und zog es hinab in einen brennenden Höllenschlund.

Seit diesem Tag meiden die Menschen das Grundstück erst recht. Der Investor hat sich zurückgezogen und die Gemeindeverwaltung hat einen drei Meter hohen Bretterzaun um das Grundstück herum aufgerichtet. Nur ganz selten sieht man noch Leute dort hineingehen, meist Spezialisten für Übernatürliches, sogar ein Priester war einmal da. Doch immer noch liegt das Grundstück, auf dem einst das Zeller-Haus stand, mitten im Dorf als Mahnmal dafür, dass eben nicht jeder Boden sich eignet, um bebaut zu werden.

13 Der Krokodilmann

In dem kleinen Waldstück außerhalb unseres Dorfes gibt es schon seit ewigen Zeiten diesen kleinen Weiher, wo unser Dorfbach im Laufe der Jahrtausende aus dem felsigen Untergrund eine Art natürlichen Pool ausgewaschen hat. Generationen von Kindern verbrachten dort die meiste Zeit ihrer Sommerferien mit Baden, Plantschen oder Versteckspielen. Es gibt kein Restaurant, keinen Eisverkäufer, nicht mal eine richtige Liegewiese. Man breitete sein Handtuch einfach auf dem Waldboden aus und achtete darauf, den Ameisen auszuweichen.

Doch damit ist Schluss, seit in diesem Sommer diese Unfälle passierten.

Von irgendwoher war nämlich dieses seltsame Geschöpf aufgetaucht. Die Kinder nennen es Krokodilmann. Und dieser Name beschrieb es ziemlich genau. Es hatte einen langen flachen Kopf mit spitzen Krokodilszähnen. Allerdings saß dieser Kopf auf einem menschenähnlichen Körper. Zumindest auf den ersten Blick konnte der Körper als der eines Mannes durchgehen. Auf den zweiten Blick stimmten jedoch die Proportionen einfach nicht. Das Geschöpf hatte zwar Arme und Beine, aber viel zu kurze für seinen langen Rumpf.

Der kleine Luca Fischbacher war der Erste, der diesem Krokodilmann zum Opfer fiel. Es passierte abends, als im Wald bereits die Dämmerung um die Bäume kroch. Die meisten Kinder waren schon auf dem Heimweg. Luca hatte erst kurz zuvor Schwimmen gelernt und hielt sich deshalb stets dicht am Rand des Schwimmteichs auf, während seine ältere Schwester Linda mit ihren Freundinnen am tiefen Ende des Teichs herumtollte. Plötzlich zog ihn etwas so schnell unter Wasser, dass er nicht mal mehr um Hilfe rufen konnte. Nur Lisa Müller aus seiner Klasse hatte dies per Zufall beobachtet und schrie aus Leibeskräften. Linda und ihre Freundinnen tauchten sofort nach Luca, suchten ihn, bis sie kaum noch Luft hatten, doch er blieb verschwunden.

Damals wusste man noch nicht, dass es der Krokodilmann war, der den kleinen Luca angegriffen hatte. Man schrieb es einer Unterströmung zu, obwohl so etwas an diesem Teich noch nie aufgetaucht war.

Taucher hatten den Badeweiher und auch den ganzen Dorfbach bis hinunter zur Mündung in den Bodensee abgesucht, doch nirgends war eine Spur von Luca aufgetaucht. Allerdings wurde der Badeweiher gesperrt, so lange die Suche lief.

Als er dann nach drei Wochen endlich wieder freigegeben wurde, strömten sofort wieder die Kinder dorthin. Inzwischen war es Hochsommer geworden und das heiße, trockene Wetter zwang einen förmlich dazu, eine Abkühlung im Waldweiher zu suchen.

Es herrschte reger Betrieb, und zwar bis spät in den Abend hinein. Es war hell bis um neun Uhr abends, wobei ab acht Uhr meist nur noch die Oberstufenschüler übrig blieben, die ihre ersten Erfahrungen mit dem anderen Geschlecht machten, erste Küsse austauschten, erste intime Berührungen im kühlen Wasser erfuhren.

An einem dieser heißen Sommerabende erwischte der Krokodilmann dann Sabrina Hauser. Sie plantschte mit ihrem Freund Daniel Hofer im Wasser, als der Krokodilmann sie angriff. Sie wehrte sich nach Kräften, ebenso Daniel, der als guter Turner über starke Arme und Beine verfügte. Doch auch diese beiden hatten keine Chance gegen die Kraft und die scharfen Zähne des Krokodilmanns. Dieser zerrte Sabrina unter Wasser und verschwand mit ihr in einer schmalen Spalte im Fels, bei der man nie geglaubt hätte, dass eine ganze Teenagerin wie Sabrina hindurch passen könnte.

Immerhin hatte Daniel den Krokodilmann gesehen und konnte ihn beschreiben. Doch natürlich brachte das Sabrina auch nicht zurück.

So wurde der Teich eingezäunt und die Jagd nach dem Krokodilmann eröffnet. Jede Woche kamen neue Fachleute zu dem Weiher hinaus, versuchten den Krokodilmann aus seinem Versteck zu locken, ihn zu fangen oder zu töten. Doch er blieb weg.

Auch die Medien waren natürlich interessiert. Reporter standen sich die Füße in den Bauch, lauerten rund um den Zaun mit ihren Kameras, versuchten ein Foto des seltsamen Geschöpfs zu schießen. Nicht wenige von den Medienleuten versuchten das Geschöpf anzulocken, indem sie rohe Steaks ins Wasser warfen.

Nichts davon war erfolgreich und nach zwei Wochen blieben die Medienleute weg. Nach weiteren zwei Wochen erlahmte auch das Interesse der Jäger und Glücksritter, die versuchten, das Geschöpf zu fangen und so beschloss man, den Teich bis auf Weiteres eingezäunt zu lassen und so das Geschöpf auszuhungern.

Das ging gut bis zum Beginn der Herbstferien. Ende September herrschten noch einmal richtig sommerliche Temperaturen und so wagten sich einige verrückte Oberstufenschüler wieder in den Teich. Sie gruben sich einfach unter dem Maschendrahtzaun durch und hielten ihre abendlichen Partys am Badeweiher ab. Die besonders Mutigen und die besonders Angetrunkenen trauten sich sogar ins Wasser.

Tatsächlich passierte nichts mehr, der Krokodilmann war so plötzlich verschwunden, wie er aufgetaucht war. Und als dann das Wetter umschlug und der kalte und neblige Herbst Einzug hielt, erlahmte das Interesse am Badeweiher vollständig.

Bis ich vor ein paar Tagen dort vorbei kam, auf der Suche nach einem geeigneten Platz für die Weihnachtsfeier der Pfadfinder. Da sah ich etwas, was meine Neugier weckte. Dicht am Ufer lag etwas ganz knapp unter der Wasseroberfläche, etwas Braunes.

Ich wusste genau, wie gefährlich das war, aber ich kroch trotzdem unter dem Zaun durch und sah es mir an. Es hätte ein dunkelbrauner Stein sein können, etwa so groß wie ein Fußball, aber nicht rund, sondern oval.

Und da dämmerte mir, was an allen früheren Überlegungen falsch gewesen war. Das war eine Krokodilfrau gewesen! Und dies hier würde vielleicht einmal ein Krokodilkind werden.

Ich packte das Ei in meinen Rucksack. Wenn es mir gelänge, dieses Geschöpf beim Schlüpfen zu filmen, könnte ich berühmt werden. Dass ich genauso gut seine erste richtige Mahlzeit werden könnte, hatte ich nicht überlegt.

Und jetzt, während ich das noch in aller Hektik aufschreibe, poltert das Wesen gegen die Türe meines Badezimmers, wo ich es eingeschlossen habe. Ich hoffe, die Türe hält stand, bis die Polizei hier ist. Aber für den Fall, dass es nicht reicht, steht hier alles, was ich darüber weiß.

14 Dunkelheit

Die Dunkelheit kam am Freitagabend kurz nach zwanzig Uhr. Ich hatte bis eben noch gearbeitet und mein Fahrstuhl hielt zwischen der dritten und der zweiten Etage plötzlich an.

Ich benutzte mein Handy als Taschenlampe, um den Notrufknopf zu finden, drückte drauf, doch nichts passierte. Der Strom musste komplett ausgefallen sein. Zum Glück hatte ich mein Handy dabei.

Das erwies sich jedoch als wenig hilfreich. Ich hatte hier drin kein Netz. Das Firmen-Netzwerk war auch nicht erreichbar, sonst hätte ich über Chat einen Hilferuf absetzen können. So ein Mist! Was sollte ich jetzt tun?

Na ja, ich musste einfach warten. Normalerweise dauerten Stromausfälle ja nicht so lange, eine Stunde oder zwei. Das würde ich aushalten.

Um ganz sicherzugehen, schrie ich so laut ich konnte um Hilfe. Vielleicht war noch jemand da, der mich hörte. Aber viel Hoffnung machte ich mir um diese Zeit nicht. Meine Stimme hallte von den Fahrstuhlwänden wider, extrem laut für mich. Doch draußen hörte man vermutlich kaum etwas davon.

Ich klopfte an die stählerne Tür und schrie gleichzeitig um Hilfe. Aber nach ein paar heftigen

Faustschlägen schmerzten meine Hände und ich hatte trotzdem nichts erreicht.

«Denk nach!», befahl ich mir selbst. «Was kannst du tun?»

Erst mal eine Weile abwarten. Ich setzte mich auf den Boden, löschte die Handylampe und saß sofort in totaler Dunkelheit. Unheimlich.

Wie die Geräusche plötzlich lauter wurden, wenn das Licht weg war. Ich hörte jemand atmen und fand irgendwann heraus, dass ich es selbst war. Ich hörte etwas rascheln, ein Insekt, das im Dunkeln herum krabbelte, oder ein Blatt Papier aus einem der Büros, das zu Boden gefallen war.

Nach einer Weile hielt ich die Dunkelheit nicht mehr aus und erweckte das Display meines Handys zum Leben. Ich musste die Augen zukneifen, so stark blendete mich die plötzliche Helligkeit. Schnell regelte ich die Bildschirmhelligkeit so tief wie möglich. Das war erträglich. Aber es waren gerade mal zehn Minuten vergangen, zehn Minuten, die sich wie eine Stunde angefühlt hatten. Wie sollte ich hier aushalten, bis jemand kam? Bevor ich wieder ausschaltete, um Akkuleistung zu sparen, ließ ich die spärliche Helligkeit noch einmal im Kreis um mich herum wandern. Nichts war hier bei mir, keine Fliege, keine Spinne, kein Leben irgendwelcher Art.

Warten.

Stundenlang.

Die Zeit lief so langsam, Minuten dehnten sich zu Stunden. Irgendwann dämmerte ich weg, schreckte hoch durch mein eigenes Schnarchen. Die Zeit zog sich in die Länge wie einer von diesen Kaugummis, die ich als Kind so mochte.

Ich klopfte wieder an die Tür. Hohl und dumpf verhallte der Schlag ungehört im menschenleeren Bürogebäude.

Warum musste ich auch so lange arbeiten? Meine Kollegen saßen bestimmt alle beim Feierabendbier, tranken auf den Dummkopf, der bis acht Uhr arbeitete, lachten sich vermutlich krumm. Und ich sass hier. Alleine. Verzweifelt. Seit Stunden.

Ich schloss meine Augen, sie tränten, ob vor Verzweiflung oder von der Belastung durch den ständigen Wechsel zwischen Dunkelheit und Handydisplay, wusste ich nicht. Bunte Bilder liefen durch mein Sichtfeld. Rote, grüne und blaue Schlieren in der allgegenwärtigen Dunkelheit. Meine Augen spielten mir Streiche!

Dann kam dieses Kichern. Aus weiter Ferne. Ich hielt den Atem an, lauschte angestrengt. Nichts mehr. Aber gerade war es noch da gewesen! Ich klopfte wieder an die Tür. Dumpfes Poltern. Dann wieder dieses Kichern. Dann wieder Stille. Absolute, verrückt machende Stille.

Da dämmerte es mir. Das war mein eigenes Kichern. Ich wurde langsam verrückt. Ich stand auf, musste mich irgendwie bewegen, ging im Kreis in der Kabine, streckte die Arme vor mir aus, um nicht gegen die Wand zu laufen. Runde um Runde drehte ich in der engen Fahrstuhlkabine.

Irgendwann wurde mir auch das zu viel. Ich setzte mich wieder hin, weinte bittere Tränen. Ich würde in diesem Fahrstuhl sterben, da war ich ganz sicher.

Diese Dunkelheit trieb mich in den Wahnsinn. Als ich zuletzt auf die Uhr gesehen hatte, war es kurz nach drei Uhr morgens gewesen, dann hatte sich mein Akku verabschiedet. Schon mehr als sieben Stunden war ich hier eingeschlossen.

Mein Körper schmerzte vom Nichtstun, meine Haut juckte an Armen, Beinen, am Rücken, überall! Es fühlte sich an, als würden Tausende Ameisen über meine nackte Haut rennen. Ich kratzte wie wild.

Was, wenn es ein richtiger Blackout war, wie in diesem Film, den ich einmal gesehen hatte? Wenn der Strom gar nicht mehr zurückkam? Wenn ich hier einfach eingeschlossen blieb und langsam verhungerte? Ich musste etwas unternehmen.

Ich ertastete die Fahrstuhltür, spürte unter meinen Fingern die schmale Fuge, wo die beiden Hälften in der Mitte zusammentrafen, konnte die Finger ein bisschen dazwischen schieben. Dann zog ich sie auseinander. Meine Fingerkuppen schmerzten wie die Hölle, während ich mit ganzer Kraft zerrte. Und langsam, ganz langsam setzten sich die beiden Hälften in Bewegung.

Noch ein kräftiger Ruck und die Türen waren offen. Ich ertastete, was dahinter zum Vorschein kam. Nackter Beton! Und weiter unten? Ich ließ mich auf die Knie sinken, strich mit den Händen über den Beton. Und da: Etwa in Höhe meiner Oberschenkel spürte ich die äußere Tür.

Wieder schob ich meine Finger in die schmale Fuge. Sie schmerzten noch von dem letzten Einsatz, aber darauf konnte ich jetzt keine Rücksicht nehmen. Eine Hand rutschte ab, ein unfassbarer Schmerz schoss durch meinen Mittelfinger, als der Nagel an der Kante hängen blieb und abriss. Ich steckte den schmerzenden Finger in den Mund, der sich sofort mit einem Schwall Blut füllte. Ich spuckte aus, wollte diesen Geschmack nicht im Mund haben.

Trotzdem musste ich diese Tür aufkriegen! Um diese blutende Wunde konnte ich mich später kümmern. Erst mal musste ich schauen, dass ich aus diesem Fahrstuhl heraus kam. Ohne Rücksicht auf meine Schmerzen riss ich weiter an den äußeren Fahrstuhltüren und schließlich gaben auch sie nach. Eine Öffnung tat sich auf, durch die ich hinaus ins zweite Stockwerk schlüpfen konnte.

Dort glimmte noch ein trübes grünliches Licht von den batteriebetriebenen Notleuchten. Gerade genug, um die Treppe zu finden.

Was ich aber durch die Fenster sah, ließ meinen Mut sinken. Draußen, wo eigentlich die Stadt sein sollte, war nichts als Dunkelheit. Kein einziges Licht, keine Ampel, keine Straßenlaterne, gar nichts. Die einzigen Lebenszeichen waren die immer wieder aufheulenden Polizei- und Feuerwehrsirenen.

Ich folgte den grünen Notleuchten die Feuertreppe hinab.

Auf den Straßen war die Hölle los. Ineinander verkeilte Autos standen an den beiden Kreuzungen, die ich von hier überblicken konnte. Polizei- und Notarztwagen mit flackerndem Blaulicht sorgen für noch mehr Surrealität.

Ich beschloss, zu Fuß zum Krankenhaus zu gehen. Das war von hier nur zwanzig Minuten. Und mein Finger blutete auch nicht mehr so stark.

Es dauerte noch weit bis in den nächsten Tag hinein, bis der Strom endlich wieder da war. Im Fernsehen waren fast pausenlos irgendwelche Fachleute zu sehen, die erklären wollten, was passiert war. Die beliebteste Theorie war jene von dem Sonnensturm, einem magnetischen Beschuss von der Sonne her, der sämtliche elektrischen Felder gestört haben soll.

15 Black Friday

Es war schon vor einem Jahr so gewesen. Black Friday, Black Week, Black Friday Week, Deals da, Sonderangebote dort und mittendrin Manuela Meier mit dem viel zu kleinen Budget.

Damit hatte ihr ganzes Dilemma angefangen. Mit diesen wundervollen Werbeversprechen! Sie hatte gekauft und gekauft und noch mehr bestellt. Dann kamen die Rechnungen. Immer mehr. Immer kürzer hintereinander. Und am Ende reichte das Geld bei Weitem nicht. Vor allem, als dann das Steueramt auch noch mit dieser großen Rechnung ankam.

Man hatte ihr alles weggenommen. Ihr blieben nur noch ein paar alte Kleider und ihr kleines Transistorradio, das sie vor langer Zeit von ihrer Mama geschenkt bekommen hatte.

Schließlich hatte sie auch noch ihre Arbeit als Serviererin in diesem schönen Restaurant verloren, dabei hatte sie doch nur ihr Gehalt etwas aufgebessert mit gelegentlichen Griffen in die Kasse. Es war einfach unfair, wie wenig ihr Boss für ihre harte Arbeit bezahlte.

Sie hatte aus ihrer schönen Dreizimmerwohnung in ein kleines möbliertes Zimmer umziehen müssen. Mehr gab das bescheidene Sozialhilfegeld nicht her. Das war so unfair!

Und jetzt sass sie da in ihrer kleinen Einzimmerwohnung mit einem kleinen Second-Hand-Fernseher und schaute Actionfilme. Vor allem die krachenden Explosionen und die wilden Schießereien gefielen ihr. Sie fieberte richtig mit, nicht immer mit den Guten, sondern oft mit den Bösewichten. Obwohl es eigentlich von Beginn weg klar war, dass diese am Ende verlieren würden.

Und immer wieder diese Werbeunterbrechungen. Was es alles Tolles zu kaufen gab! So viele schöne Dinge zu extrem reduzierten Preisen. Hammerpreise! Bombenpreise! Extrarabatte!

Und Manuela bestellte wieder. Natürlich! Wie hätte sie es auch nicht tun können? Diese ganzen Werbeversprechen waren einfach zu verlockend. Sie wäre attraktiver, wenn sie jenes Kleid trug, sie würde neue Freunde finden, wenn sie jenes besondere Cabriolet fuhr, sogar einfache Schokoriegel konnten schöne Männer in ihr Leben bringen.

Und das alles zu sensationellen Preisen, im Grunde fast geschenkt. «Du bekommst das neueste iPhone kostenlos, wenn du nur unser neuestes Abo für mindestens 24 Monate abschließt», versprach die Telefongesellschaft. «0 % Leasing», versprach die Automarke. Wie konnte sie da nicht zuschlagen?

Es hatte alles so schön ausgesehen am Bildschirm, war so einfach gewesen.

Und jetzt saß sie wieder mittendrin in der Schuldenfalle. Und die Sozialhilfe musste sie auch irgendwann zurückzahlen. Man konnte es drehen und wenden, wie man wollte, sie sass in der Falle. Sie war am Ende, aber noch nicht ganz.

Zu guter Letzt würde sie es sein, die die Schlussrechnung präsentierte. Mit ihrem spärlichen Sozialgeld hatte sie lange gespart, bis sie endlich alles beisammen hatte. Sie hatte Dynamit organisiert, im Internet eine Anleitung für einen Zündmechanismus heruntergeladen und die entsprechenden Materialien beschafft.

Aus einem alten Rucksack hatte sie ein Gestell gebastelt, das sie bequem unter ihrem weiten Fleece-Pullover tragen konnte. Das würde niemand bemerken!

Und heute war endlich wieder Black Friday! Manuela wollte in die Innenstadt spazieren und dort dafür sorgen, dass es diesmal ein richtig schwarzer Freitag wurde.

Sie winkte ihrem kleinen möblierten Zimmer zum Abschied zu und schloss die Türe ab, dann strich sie zärtlich über die Dynamitstangen um ihren Rumpf. Das würde ein echtes Bomben-Angebot werden.

16 Die Strohpuppe

«Warum musst du schon gehen?», fragte Nicole, während sie den seidenen bordeauxroten Morgenmantel anzog, den Herbert ihr zum Geburtstag geschenkt hatte.

«Du weißt doch, dass mich meine Frau erwartet», antwortete Herbert. «Es war doch von Anfang an klar, dass unsere Beziehung nie weiter gehen würde.»

«Natürlich. Aber es gefällt mir nicht.»

«Trotzdem muss ich jetzt gehen.»

«Dann geh eben.»

Nicole sah zu, wie er ihre Wohnungstür hinter sich ins Schloss zog. Als die Beziehung angefangen hatte, war sie wirklich noch damit einverstanden, nur eine Affäre zu sein, doch das hatte sich vor einiger Zeit schon geändert. Sie wollte Herbert für sich alleine haben, wollte ihn nicht mit dieser unmöglichen Frau teilen. Und sie verstand gar nicht, warum er immer wieder zu dieser Zicke zurückging.

Sie trat ans Fenster und beobachtete, wie er ins Auto stieg und wegfuhr. Als sie sicher war, dass er nicht zurückkam, ging sie in die Küche und holte die Utensilien hervor, die sie bei Madame Mariana besorgt hatte: eine kleine Phiole mit Blut, ein paar Nadeln und natürlich die Strohpuppe.

«Wollen doch mal sehen, ob diese Sabrina immer noch so schlau ist, wenn Herbert nach Hause kommt», murmelte sie, während sie ein blondes Haar in den Kopf der Puppe einknüpfte. Sie hatte es von Herberts Anzug geklaubt, als er auf der Toilette war.

Nach dem Haar kam das Blut. Das war schon ein bisschen eklig. Weiß der Teufel, woher dieses Blut kam. Jedenfalls goss sie die klebrige rote Flüssigkeit über die Strohpuppe. Das sollte die Puppe mit Leben erfüllen, hatte Madame Mariana gesagt.

Zum Schluss noch das Kleidchen, ein hübsches Kostüm, das sie in einem Spielwarenladen gekauft hatte und das perfekt zu Sabrina gepasst hätte.

Schließlich lag die Strohpuppe vor ihr auf dem Tisch. Etwas Blut tropfte heraus und hinterließ dunkle Ränder um die Puppe.

Und nun das Wichtigste. Nicole nahm die lange Nadel, setzte sie am Kopf der Puppe an und stach sie langsam hinein, drehte sie noch etwas herum, als würde sie einen Teig umrühren. «Wollen doch mal sehen, ob das dein Gehirn auch richtig durchknetet», murmelte sie.

Plötzlich stieg Rauch aus dem Kopf der Puppe auf. Musste das wirklich so sein? Madame Mariana hatte nichts von Rauch gesagt.

Und die Puppe schien zu wachsen, wurde erst länger, dann setzte sie sich abrupt auf. «So, du willst also mein Gehirn durcheinanderbringen, du Schlampe!», schrie die Puppe mit krächzender Stimme.

Die silberne Nadel steckte immer noch im Strohkopf und trotzdem stand das Geschöpf auf. Es war schon einen halben Meter groß und starrte Nicole aus kleinen, bösen Knopfaugen an. Wo waren diese Augen hergekommen?

Dann hob die Puppe ihre Strohhände und zog sich die Nadel aus der Stirn.

Nicole war vor Entsetzen wie gelähmt, konnte sich nicht bewegen, dabei sollte sie spätestens jetzt losrennen.

Die Puppe wuchs weiter, das einzelne Haar vermehrte sich, ein ganzer Strauss blonder Haare erblühte plötzlich auf dem Strohkopf. Und Zähne! Lange, spitze Zähne in einem diabolisch grinsenden Mund!

Nicole konnte sich noch immer nicht bewegen, starrte nur mit offenem Mund auf das Geschöpf, das da vor ihr heranwuchs. Und es fuchtelte mit der Nadel vor ihrem Gesicht herum.

Das brachte Nicole jetzt doch in Bewegung. Sie lief aus der Küche, knallte die Tür hinter sich zu, rannte in ihr Schlafzimmer und verbarrikadierte sich dort, schob die Kommode, in der sie ihre Unterwäsche und die Pyjamas aufbewahrte, vor die Tür.

Sie hörte, wie die Puppe die Küchentür regelrecht zertrümmerte. Sie wagte sich kaum vorzustellen, wie groß die Puppe inzwischen war.

«Wo bist du, du Schlampe!», schrie die Strohpuppe. Das war eine dumme Idee gewesen, sich hier zu verstecken. Sie hätte aus der Wohnung fliehen sollen, hinaus an die Öffentlichkeit, wo die Puppe vermutlich nicht hinkam.

Doch jetzt war es dafür zu spät. Sie musste Hilfe holen, aber ihr Handy lag im Wohnzimmer. So ein Mist! Dann krachte etwas gegen die Tür, dass die Wand erbebte. Nicole schluchzte, lehnte sich mit dem Rücken gegen die Kommode, um den Druck zu verstärken. Aber der nächste Schlag schob sie samt Kommode ein gutes Stück von der Tür weg. Eine Strohhand griff durch einen Spalt hinein, versuchte Nicole zu erwischen.

Sie duckte sich und schrie aus Leibeskräften. Wann wurden endlich die Nachbarn auf den Lärm aufmerksam?

Wieder krachte ein Schlag gegen die Tür. Ein Splitter, so groß wie ihr Unterarm, flog über sie hinweg. Gleich darauf noch ein heftiger Schlag, der ihr die Kommode in den Rücken knallte, dass sie regelrecht davon katapultiert wurde.

Dann war die Puppe im Zimmer, so groß, dass ihr Kopf die Decke berührte. Auch die Nadel war gewachsen, sah jetzt aus wie ein silbernes Schwert. Die Puppe griff an und Nicole hatte keine Chance. Mit dem Nadelschwert in der Stirn brach sie am Fuße ihres Bettes zusammen und war tot, bevor sie ganz den Boden berührte.

Sobald dies passiert war, schrumpften Puppe und Nadel wieder zu ihrer ursprünglichen Größe.

Es war Herbert, der sie am nächsten Tag fand. Er war der Einzige, der einen Schlüssel zur Wohnung hatte. Das lenkte den Verdacht sofort auf ihn und ein Motiv hatte er auch. Seine Frau nahm das Ganze erstaunlich gelassen. Als sie im Gerichtssaal dabei zusah, wie er verurteilt wurde, lag sogar der Hauch eines Lächelns in ihrem Gesicht.

17 Berufsberatung

Gerda schaute irritiert durch den Türspion. Da stand ein alter Mann vor ihrer Tür. Er trug einen schwarzen Anzug mit blauer Fliege, sehr gepflegt und freundlich. Sie legte die Sicherheitskette vor und öffnete.

«Frau Gerda Kocher, geboren am 15. Februar 1949?», fragte er.

«Ja?» Gerda wusste nicht recht, was sie davon halten sollte.

«Darf ich vielleicht kurz hereinkommen?», wollte der Mann wissen.

«Worum geht es denn?»

«Sie wurden auserwählt, ins Paradies zu reisen. Ich bin hier, um sie abzuholen.»

«Aber...»

«Und ich muss leider hinzufügen: Es handelt sich hierbei um eine zwingende Abreise.»

«Sie meinen, sie sind der Tod und wollen mich holen, richtig?», vergewisserte sich Gerda.

«Nun, wenn Sie es auf diese Art ausdrücken wollen, ja, darauf läuft es hinaus.»

Gerda war wie vom Donner gerührt. Jetzt war also ihre Zeit gekommen, sich von diesem Leben zu verabschieden. «Aber einen Tee könnten wir doch zusammen noch trinken, oder?»

Der Tod blickte geschäftig auf sein Handgelenk, obwohl er dort gar keine Uhr trug. «Nun, aber nur kurz. Ich habe noch einige weitere Abholungen vorzunehmen.»

«Super. Kommen Sie herein.» Gerda löste die Sicherheitskette und ließ ihren seltsamen Gast eintreten.

«Aber treten Sie sich die Schuhe ab, wenn Sie hereinkommen.»

Der Tod war ausgesprochen höflich, fand Gerda. Er hatte perfekte Manieren und als sie ihn aufforderte, sich auf die Couch zu setzen, bis sie den Tee aufgebrüht hatte, wartete er geduldig.

Schließlich war der Tee so weit und Gerda schenkte zwei große Tassen ein. «Sie nehmen doch bestimmt auch einen Schuss Rum, oder?»

«Tut mir leid, ich bin im Dienst und da trinke ich nicht.»

«Papperlapapp, ein heißer Grog hat noch niemandem geschadet», meinte Gerda und fügte dann mit einem Augenzwinkern hinzu: «Und es wird Sie schon nicht umbringen, wenn Sie mit mir ein Schlückchen trinken.»

«Aber nur ein wenig.»

Gerda goss in beide Tassen einen kräftigen Schuss Rum. «Das wird Ihnen guttun, Sie sind ja ganz bleich. Und ganz kalte Hände haben Sie auch.»

«Das bringt meine Arbeit so mit sich.»

«Sie sind wohl viel draußen unterwegs?»

«Bei jedem Wetter.»

«Hoffentlich sind Sie wenigstens gut bezahlt.»

Der Tod blickte sie interessiert an. «Nein. Eigentlich gar nicht. Ich erhalte eine andere Art von Belohnung für meine Arbeit.»

«Ja, das erzählen sie immer. Das haben sie mir auch erzählt, als ich noch gearbeitet habe. Ich sass neun Stunden täglich an der Kasse im Supermarkt und das Geld hat kaum gereicht zum Leben. Aber ich bekam ja diese tollen Einkaufsgutscheine Ende Jahr.»

Jetzt wurde ihr Gast etwas nachdenklich. «Klingt nicht nach einem fairen Angebot.»

«Das müssen Sie gerade sagen. Was bekommen Sie denn für ihre Arbeit?»

«Nun, ich brauche ja keine Nahrung. Alle paar Tage bekomme ich eine Seele, an der ich mich laben kann.»

Gerda lachte schallend. «Laben, was! Na, da haben Sie aber echt die Arschkarte gezogen!»

«Wie meinen Sie das?»

Gerda schenkte sich noch einmal ein. «Sie trinken ja gar nicht. Lassen Sie ihren Grog nicht kalt werden.»

Er trank aus und sie schenkte sofort nach.

«Machen Sie das denn schon lange?», wollte Gerda wissen.

«Jahrtausende.»

«Ach? Und haben Sie in der ganzen Zeit mal eine Gehaltserhöhung bekommen? Ein paar Seelen mehr vielleicht? Oder mal ein einen kleinen Bonus?»

«Hmm.» Der Tod wurde nachdenklicher. Und er trank weiter. Als sie wieder nachschenkte, winkte er zwar halbherzig ab, aber nicht energisch genug, um sie zu bremsen.

«Also nichts», stellte sie fest.

«Nun ja, eigentlich nicht.»

«Mögen Sie denn wenigstens Ihre Arbeit?»

Wieder musste er lange über diese Frage nachdenken. «Nun, ich kann ja sonst nichts.»

«Na, das glaube ich jetzt nicht! Sie arbeiten seit Tausenden von Jahren in einem Job, den Sie nicht mal mögen? Was sind Sie denn für einer?»

Diesmal nahm Gerda einen Schluck direkt aus der Rumflasche. Wozu erst noch in den Tee mischen, wenn es auch so ging. Sie streckte die Flasche dem Tod hin. Dieser setzte sie an und nahm ebenfalls einen großen Schluck.

«Sie haben recht. Vielleicht sollte ich mich wirklich nach einem anderen Job umsehen. Aber das könnte schwierig werden. Ich bin eben schon ziemlich festgefahren.» Seine Stimme war etwas träger geworden.

«Hören Sie zu, ich war ja auch mein halbes Leben nur Hausfrau. Und als mein Mann dann mit dieser jungen Studentin abgehauen ist, musste ich plötzlich wieder selbst für meinen Unterhalt sorgen. Das war auch nicht einfach. Und wenn ich das schaffe, müsste das ein Mann in Ihrer Position doch auch schaffen.»

Der Tod nahm noch einmal einen Schluck von dem Rum. «M-M-Meinen Sie?» Jetzt lallte er wirklich.

«Natürlich!»

«A-A-Aber wie s-s-stelle ich das an?»

Gerda legte ihm den Arm um die Schultern. «Ganz einfach, Sie gehen zu Ihrem Chef und sagen ihm, dass Sie kündigen.»

Seine Augen waren inzwischen etwas trübe geworden, die Lider hingen auf halbmast. «Und dann?»

«Dann gehen Sie zum Arbeitsamt und suchen sich etwas Passendes. Niemand hat so viel Erfahrung wie Sie.»

«Stimmt!» Er nickte zuversichtlich, klopfte hart auf seine Schenkel. «Das werde ich tun.»

Gerda unterstützte ihn in dieser Meinung. «Ja, am besten sofort!»

Er stand auf, hoch motiviert, aber unsicher auf den Füssen. Gerda begleitete ihn zur Tür. Sie musste ihn stützen, so stark wankte er.

Sie komplimentierte ihn hinaus und redete ihm gut zu, bis sie die Tür hinter ihm schließen konnte.

Dann lehnte sie sich mit dem Rücken an die Tür und murmelte leise: «Puh! Gerade noch mal gut gegangen.»

18 Drei Wünsche

Als Rita von der Arbeit nach Hause kam, lag es vor ihrer Wohnungstür: ein kleines Paket in einer neutralen Verpackung ohne einen Hinweis auf den Absender. Was mochte das sein?

Sie hob es vorsichtig an, es war federleicht. Neugierig trug sie es ins Wohnzimmer und riss es auf. Unter dem Packpapier kam eine weitere Verpackung zum Vorschein, ein schönes Geschenkpapier mit Tannenbäumchen, Schneesternen und Christbaumkugeln. Von wem das sein mochte? Immer noch kein Hinweis auf einen Absender. Vielleicht Fabienne, das würde zu ihr passen? Oder Christina?

Sollte sie jetzt warten bis zum Heiligabend oder es gleich auspacken? Noch einmal hob sie das Paket an, schüttelte es, aber darin rührte sich nichts. Sie drehte es einmal rundherum, um vielleicht doch noch einen Hinweis darauf zu finden, von wem es kam.

Dann wurde sie von der Neugier gepackt! Ungestüm riss sie das schöne Papier weg. Darunter erschien eine einfache Kartonschachtel ohne Aufdruck. Und ohne einen Gruß. Der Karton war zugeklebt. Rita riss ihn auf und sogleich zischte es. Rauch stieg aus der Schachtel auf.

Vor Schreck ließ sie den Karton fallen. Der Rauch stieg immer höher, bis hinauf zur Decke, dann verfestigte er sich und ein Körper entstand: ein dicker Mann in einem warmen Pelzmantel.

«Ich grüße dich! Ich bin der Geist der Weihnacht und ich werde dir drei Wünsche erfüllen.»

Rita starrte ihn ungläubig an. «Mir? Und wer schickt dich?»

«Das weiß ich nicht. Und das spielt auch keine Rolle. Wähle bitte jetzt deine drei Wünsche.»

Jetzt? Woher sollte sie wissen, was sie sich wünschte? Darüber hatte sie sich noch nie Gedanken gemacht. Natürlich hatte sie viele Wünsche: den schnittigen Porsche, die luxuriöse Wohnung, den reichen Ehemann, ein höheres Einkommen. Aber waren das wirklich die richtigen Wünsche für eine solche Gelegenheit?

Sollte sie sich vielleicht lieber den Weltfrieden wünschen? Oder Gesundheit für alle? Wenn das nur nicht so schwierig wäre!

«Bitte wähle deine Wünsche», forderte der Weihnachtsgeist sie erneut auf.

«Aber ich weiß nicht, was ich mir wünschen soll», jammerte sie. «Das kommt so überraschend.»

Der Geist vor ihr zuckte mit den Schultern. «Bitte wähle deine Wünsche», wiederholte er stur.

«Also gut», sagte Rita. «Dann wünsche ich mir, dass ich mein Leben lang nie mehr Geldsorgen haben muss.»

Der Geist nickte. «Dein Wunsch sei mir Befehl.»

Und nun? Es fühlte sich nicht anders an als zuvor und Rita war sicher, dass auch ihre finanzielle Situation noch genau gleich war. Aber es stimmte schon, sie machte sich im Moment wirklich keine Sorgen wegen des Geldes.

«Ich wünsche, dass ich eine berühmte Influencerin werde.»

Wieder nickte der Geist. «Dein Wunsch sei mir Befehl. Wähle nun noch deinen dritten Wunsch. Und wähle weise.»

Weise sollte sie wählen? Was bedeutete das? Vielleicht sollte sie auch an andere denken, nicht nur an sich selbst. Aber drei Wünsche waren so schrecklich wenig. Und dann noch dieser extreme Zeitdruck. Was konnte sie nur tun? Was sollte sie sich wünschen? Und da fiel es ihr ein. Ein Wunsch, der alle ihre Probleme lösen würde!

Sie baute sich vor dem Geist auf und sprach so deutlich wie möglich: «Ich wünsche, dass alle meine Wünsche in Erfüllung gehen bis an mein Lebensende!»

Es dauerte einen Moment, bis der Geist antwortete. Er schien leer zu schlucken, dann murmelte er: «Dein Wunsch sei mir Befehl.» Es zischte, er löste sich in Rauch auf, der schließlich ganz verging.

Rita fühlte sich wie in einem Traum. War das wirklich gerade passiert? Sie konnte ihr Glück nur langsam begreifen. Das war eine geniale Idee mit diesem letzten Wunsch! Was auch immer sie sich wünschte, würde erfüllt werden!

Sie konnte sich endlich den Mann herbeiwünschen, den sie schon längst gern hätte. Dazu einen Hund, einen Yorkshire-Terrier, ein schönes Haus am Stadtrand mit einem Vorgarten und einem Pool, an dem sie die Sonne genießen konnte.

Sie tanzte in ihrer Wohnung herum. Fröhlich und wild. Voller Freude. Den Druck, der sich dabei in ihrer Brust aufbaute, spürte sie zwar, mass ihm aber keine Bedeutung bei.

Ihr Herz schlug wie wild, während sie ekstatisch im Raum herumwirbelte. Dann setzte es einen Schlag aus, holperte beim nächsten Schlag, setzte wieder aus. Etwas stach in ihre Brust. Ein unnachgiebiger Schmerz, als ob jemand ihren Oberkörper kräftig zusammendrückte. Sie sank zu Boden, krümmte sich, drückte beide Fäuste auf die Stelle, unter der ihr Herz eigentlich schlagen sollte. Ein Herzinfarkt!

Was nützten ihr jetzt alle diese tollen Wünsche, die ihr erfüllt würden, wenn ihr Lebensende so kurz bevorstand.

«Ich wünsche mir, dass ich das hier überlebe», befahl sie panisch.

«Dein Wunsch sei mir Befehl», erklang es aus weiter Ferne und sofort fühlte sie sich etwas besser. Sie konnte wieder freier atmen, ihr Herz fand in einen regelmäßigeren Rhythmus zurück. Offensichtlich hatte ihr Wunsch geholfen. Aber hatte die Stimme diesmal genervt geklungen? Was, wenn der Geist beleidigt war, dass sie ihn so übertölpelt hatte? Wenn er dafür sorgen wollte, dass ihr Leben zu Ende war, weil er ihr sonst immer wieder Wünsche erfüllen müsste? Immerhin war er der Geist der Weihnacht.

War das am Ende doch keine so gute Idee gewesen? War vielleicht dieser Herzinfarkt schon der erste Versuch des Geistes, aus diesem Vertrag rauszukommen?

Rita rappelte sich langsam vom Boden hoch, wankte mit zittrigen Beinen zum Sofa und ließ sich darauf fallen. Es machte keinen Spaß, unendlich viele Wünsche zur Verfügung zu haben, wenn man in ständiger Todesangst leben musste. Was sollte sie nur tun?

«Ich wünschte, ich hätte dieses Geschenk nie geöffnet», murmelte sie vor sich hin.

In diesem Moment hörte sie eine eindeutig triumphierende Stimme: «Dein Wunsch sei mir Befehl!»

19 Wo die Züge schlafen

Als ich noch ein Kind war, haben wir uns oft dort herumgetrieben, wo die Züge schlafen. Die alten Züge konnte man noch von Hand öffnen und wir stiegen oft in die Waggons, schlichen uns in die Raucherabteile und rauchten dort unsere geklauten Zigaretten.

Einer stand jeweils draußen Schmiere und warnte uns, wenn ein Gleisarbeiter oder ein Lokführer kam. In solchen Fällen war dann eine schnelle Flucht angesagt. Wir liefen immer dem Zaun entlang bis zu der Stelle, wo irgendwer mal einen kleinen Durchgang unter dem Zaun gegraben hatte.

Dahinter wuchs dichtes Brombeergestrüpp und danach kam der Wald. Dahin folgte uns nie jemand. Wir schafften es eigentlich immer, ohne dass einer erwischt wurde.

Leider änderte sich das, als dieser Zug verunfallte. Das musste jetzt bestimmt schon zwanzig Jahre her sein. Ich war damals knapp zwanzig und es waren längst nicht mehr nur Zigaretten, die wir in den Raucherabteilen pafften. Wir hatten uns da schon eher auf Joints und Bier verlegt und feierten wilde Partys in den leeren Eisenbahnwaggons.

Dann geschah dieser Unfall. Dominik Bauer behauptete sogar, dass er dort war, als es passierte.

Er erzählte, dass dieser Zug von St. Gallen her kam. Die Bremsen waren ausgefallen und die Leitstelle lenkte ihn auf unser Abstellgleis in der Hoffnung, das würde ihn rechtzeitig anhalten.

Doch der Zug kam mit einem Höllentempo an, das Gefälle von St. Gallen her hatte seine Geschwindigkeit noch zusätzlich erhöht. So kam er also nachts um elf, donnerte durch den Bahnhof hindurch direkt auf das leere Abstellgleis.

Dominik behauptete, er hätte in einem Waggon auf dem Gleis direkt daneben gesessen. Aber wenn Sie dieses Chaos gesehen hätten, würden Sie das auch nicht glauben.

Der Zug verlor zwar Tempo, aber eben viel zu wenig. Er krachte mit Wucht in die andere Lok, die schon auf diesem Gleis stand. Vier Waggons sprangen aus den Schienen, kippten um und fegten noch zwei weitere um, auch jenen, in dem angeblich Dominik gesessen hatte.

Dann kamen auch schon die Feuerwehr und ein Krankenwagen an. Die Passagiere waren alle in St. Gallen ausgestiegen. Deshalb waren die beiden Zugbegleiter die Einzigen, die bei diesem Unfall verletzt wurden. Nur der Lokführer, der natürlich ganz zuvorderst sass und zwischen den beiden Loks eingekeilt wurde, verstarb bei dem Unfall.

Und genau dieser Lokführer sorgte danach dafür, dass wir nicht mehr so oft die schlafenden Züge besuchten. Dominik und Claudio und sogar der schüchterne Michi hatten allesamt behauptet, sie seien drei Wochen nach diesem schrecklichen Unfall von dem Geist jenes Lokführers angegriffen worden.

Und als ich dann wenig später auch noch einmal mit dabei war, begegnete ich ihm selbst. Wir saßen wie gewohnt mit einem Joint in einem leeren Waggon und Michi stand Schmiere. Plötzlich kam er panisch angerannt mit großen Augen und schrie: «Er ist wieder da!»

Die anderen wussten sofort, wovon er sprach und rannten los. Ich zögerte noch einen Moment und blickte mich um. Da kam diese Gestalt auf mich zu, nicht laufend, nicht gehend, sondern schwebend. Er war zwar in Uniform, aber diese wirkte seltsam unscharf, als ob sie transparent wäre. Und er hatte den Mund weit aufgerissen, obwohl kein Ton zu hören war. Die ganze rechte Seite seines Gesichts war nur eine blutige Masse, aus der ein Auge heraushing.

Ich nahm die Beine in die Hand und rannte so schnell ich konnte zu dem Durchgang unter dem Zaun.

Seit diesem Abend war ich nie mehr da und auch die anderen erzählten immer weniger davon.

Zudem wurden wir älter, was unser Interesse an solchen Dingen weiter zügelte. Michi ist jetzt längst verheiratet und hat einen sechzehnjährigen Sohn.

Und dieser hat offenbar unsere alten Traditionen wieder aufleben lassen und sich mit Linda, der Tochter von Lehrer Hauser, in einen Erste-Klasse-

Wagen geschlichen. Da soll dieser Lokführer aufgetaucht sein und die beiden angegriffen haben.

Er hat offenbar die junge Linda erwischt, die
mit ihren hübschen hochhackigen Schuhen einfach
zu langsam war.

Das muss eine ganz üble Begegnung gewesen
sein. Linda hat seither kein einziges Wort mehr gesprochen.

Vorige Woche wurde nun dieser ganze Bereich
eingezäunt und Arbeiter haben damit begonnen, die
Abstellgleise zu demontieren. Die werden jetzt nicht
mehr gebraucht. Stattdessen sollen dort zwei Mehr-
familienhäuser entstehen. Aber wer würde dort
wohnen wollen?

20 Lockdown

Schon wieder! Gerade hatte der Bundesrat erneut beschlossen, dass alle Restaurants schließen mussten. Und das über die Weihnachtszeit, wo das Geschäft normalerweise super lief.

Gregor hatte erst voriges Jahr das Restaurant «zum Hirschen» übernommen. Als gelernter Koch traute er sich zu, dass er das Restaurant wieder zu seiner alten Größe führen konnte. Aber doch nicht so!

Das ganze Jahr hindurch pfuschte ihm dieses Virus schon ins Geschäft, und jedes Mal, wenn er glaubte, dass es sich wieder erholen würde, kam der nächste Bundesratsbeschluss, der sein Geschäft behinderte.

Zum tausendsten Mal rechnete er seine Zahlen durch. Es kam jedes Mal auf dasselbe heraus. Das Beste wäre, wenn er einfach für immer schließen würde. Aber damit würde er auch die Chance verspielen, wenigstens ein paar Franken an Ersatzzahlungen zu ergattern.

Doch vermutlich würde es dennoch nicht reichen. Er würde zwar gerne weiter kochen und seine Frau konnte den Service erledigen, aber nach diesem Jahr, das von einer Krisennachricht zur nächsten holperte, war an ein normales Auskommen nicht mehr zu denken. Sie hatten ihre ganzen Ersparnisse aufgebraucht und gehofft, dass irgendwann wieder eine Art Normalität einkehren würde.

Aber das Gegenteil war der Fall. Erneut musste er für einen ganzen Monat schließen. Weihnachten, Silvester, Neujahr, alles fiel ins Wasser! Sichere Werte, die er budgetiert hatte, wenn auch deutlich tiefer als im Vorjahr.

Mit diesem Ertragsausfall war er nun finanziell definitiv am Ende. Das Abenteuer war vorbei. Das Schiff «Restaurant zum Hirschen» war gegen den Eisberg geknallt und ging jetzt ziemlich schnell unter. Und es würde noch ein paar Passagiere mit in den Untergang nehmen.

Das war der letzte Abend des «Restaurants zum Hirschen», ab morgen würde es nie mehr öffnen. Das war jetzt klar.

Ein letztes Mal stand Gregor noch in der Küche, bereitete seine Spezialität zu: ein richtig großes Cordon bleu mit knuspriger Umhüllung. Und heute würde die Panade besonders knusprig sein.

Etwa zwanzig Gäste saßen im Lokal und davon waren sogar zwei Mitglieder der Kantonsregierung. Also würde es auch die richtigen Treffen, jene, die an seiner finanziellen Misere mitschuldig waren. Jene, die nichts weiter taten, als fremdes Geld auszugeben. So hatte dieser letzte Abend im «Hirschen» also durchaus sein Gutes. Es würde mindestens teilweise die Richtigen treffen.

Gregor hatte den großen Küchenmixer bereits gefüllt mit allerhand lustigen Sachen. Vor allem mit zwei Weingläsern, die er früher am Abend hatte fallen lassen und die in handliche Stücke zerbrochen waren. Er war zwar nicht sicher, ob die scharfen Messer mit dem Glas zurechtkamen, aber er war ziemlich zuversichtlich, dass es klappte.

Als er den Schalter auf On drehte, krachte es. Die Scherben zersprangen in winzige Teilchen, perfekt, um der Panade für die Cordon bleus das richtige Knuspergefühl zu geben. Perfekt!

Und für die Gäste in seinem Restaurant wäre es ebenso endgültig das letzte Essen wie für ihn. Diese winzig kleinen Glassplitter würden ihren Verdauungstrakt gründlich in Stücke schneiden, genauso wie sie seinen Traum vom Restaurant Hirschen in Stücke gerissen hatten. Damit wäre wenigstens in diesem Punkt Gerechtigkeit getan.

Als er die Splitter ins Paniermehl mischte, schnitt er sich tatsächlich in die Finger. Das war zwar unangenehm, aber es bewies, dass sie ihren Zweck erfüllen würden.

Seiner Frau Renate sagte er, dass sie beim Servieren darauf hinweisen sollen, dass dies die Lockdown-Spezial-Cordon-bleus wären.

Zu guter Letzt bereitete er auch noch die Spezial-Kürbissuppe für seine Frau und sich selber vor. Sobald alles serviert war, würden sie diese Suppe verspeisen, die er mit etwas Extrakt aus Pfeilgiftfröschen gewürzt hatte. Dann wäre das «Restaurant zum Hirschen» wirklich für immer Geschichte.

21 Die Kirche zu Sankt Michael

In unserer Stadt steht seit undenklichen Zeiten die alte Sankt-Michaels-Kirche. Seit über zweihundert Jahren feierte niemand mehr eine Messe in dieser Kirche, seit damals zur Weihnachtszeit im Jahre 1784 diese Begegnung des Küsters mit dem Teufel stattgefunden hatte.

Die Sage erzählt, dass der Küster dabei war, die Kirche für das bevorstehende Weihnachtsfest zu schmücken. Und während er auf der Leiter im Altarraum stand, um den großen Christbaum zu dekorieren, sei der Teufel aufgetaucht und hätte ihm die Leiter weggestoßen, sodass sich der arme Küster an der eigenen Weihnachtsdekoration aufgehängt hätte.

Als der Pastor hinzukam und den Küster von dem Platz über dem Altar herunterholte, rutschte er ihm zu allem Übel auch noch aus den Fingern und knallte mitten im Chor auf den Boden, wo er einen hässlichen Blutfleck hinterließ, der nie wieder ganz verschwand, so oft man es auch zu putzen versuchte.

Dass der Teufel hinter dieser Geschichte stecken musste, war für den Pastor sofort klar und so machte er sich an einen Exorzismus, der den Teufel aus der Kirche vertreiben sollte.

Doch leider war er dazu noch nicht gut genug ausgebildet, er verhaspelte sich bei den heiligen Worten und statt den Teufel auszutreiben, weihte er versehentlich das Gotteshaus dem Teufel. So kam es, dass Sankt Michael quasi aus Versehen plötzlich der falschen Seite gehörte. Die Kirche wurde abgesperrt und niemand sollte mehr darin eine Messe feiern.

Allerdings begab es sich alle paar Jahrzehnte, dass die Glocke in der Kirche Sankt Martin dennoch geläutet wurde und jedes Mal, wenn sie läutete, bahnte sich großes Unheil an.

1895 hatte sie kurz vor Weihnachten geläutet und ein paar Tage später hatte ein heftiger Sturm die Dächer der halben Stadt abgedeckt.

Auch 1934 hatte die Glocke geläutet, das war das Jahr des großen Feuers. Fünfunddreißig Häuser fielen einem Großbrand zum Opfer, der durch einen Kaminbrand im Rathaus entstanden war.

Ebenso 1963, als dieses Flugzeug abstürzte und mitten in der Stadt aufschlug. Sämtliche Flugpassagiere und vierunddreißig Einwohner unserer Stadt starben bei diesem Unglück.

Erst letztes Jahr hatte die Glocke wieder geläutet, exakt am Heiligabend. Es dauerte diesmal zwar länger, bis etwas passierte, als aber dann im Februar das Coronavirus bei uns ankam, mussten sie im Krankenhaus sogar Betten in die Gänge stellen, so viele wurden krank. Es stand in allen Zeitungen, dass der Ausbruch bei uns am schlimmsten war.

110

Vierundachtzig Stadtbewohner starben in der ersten Woche. Ein trauriger Rekord.

Nun war es an der Zeit, diesem Unglücksbringer ein Ende zu setzen. Die Kirche verfiel ohnehin zusehends, ich würde das einfach etwas beschleunigen. Mit ein paar Stangen Dynamit wollte ich den Turm so sprengen, dass er auf das Dach der Kirche kippte und sie im Idealfall in Schutt und Asche legen würde.

Keine Sorge, ich habe das gelernt. Ich war Sprengmeister in der Armee und habe schon einige Gebäude und Brücken ganz exakt gesprengt.

Ich hatte mir das für heute Nachmittag vorgenommen. Das Dynamit hatte ich, den Bohrer und einen genauen Sprengplan ebenso. Eigentlich konnte nichts mehr schiefgehen.

Doch als ich die Kirche betrat, stellten sich mir einige Hindernisse in den Weg. Irgendjemand hatte sämtliche Holzbänke vor dem Portal gestapelt. Da kam ich unmöglich durch. Wer auch immer das getan hatte, war sehr gründlich. Der Wall aus Holzbänken reichte hoch bis fast unters Dach und sie waren so ineinander verkeilt, dass alles über mir zusammenbrechen würde, wenn ich versuchte, einen davon herauszuziehen.

Dieser Weg war versperrt, so ging ich außen um die Kirche herum. Irgendwo musste eine kleinere Tür sein, die mich in die Sakristei brachte, vielleicht auch durchs angebaute Pfarrhaus.

Tatsächlich schien dieser Weg frei zu sein, doch im Pfarrhaus stand mir plötzlich der Pastor im Weg. Zumindest etwas Ähnliches. Es hatte zwar menschliche Gestalt und trug auch die typische schwarze Kutte, die sie damals im achtzehnten Jahrhundert hatten, doch die Augen leuchteten gelb.

Ich riss ein Kruzifix von der Wand, streckte es der Gestalt entgegen und schrie dazu: «Weiche, Dämon!»

Doch die Gestalt lachte nur schallend und griff an. Ich schlug wild um mich, benutzte das Kruzifix als Knüppel, versetzte dem Dämon einige harte Schläge gegen den Kopf und den Hals. Er blutete eine ockerfarbene, klebrige Flüssigkeit, aber er blieb aufrecht stehen und griff mich immer wieder an, versuchte mich mit spitzen Zähnen zu beißen.

Es war mehr ein Zufall als Absicht, dass mein Schlag mit dem Kruzifix so präzis in seinem Mund landete, dass sich das Kreuz zwischen seinen Kiefern verkeilte.

Er kreischte wild, versuchte das Kreuz aus seinem Mund zu ziehen, doch jedes Mal, wenn er es mit seinen Fingern berührte, stieg eine dünne Rauchsäule auf. So war der Dämon mit sich selbst beschäftigt und ich huschte vorbei ins Kirchenschiff.

Dort erwartete mich bereits der ehemalige Küster mit einem Kerzenleuchter. Sein Hals war außerordentlich lang und dünn, offenbar ein Andenken an die Weihnachtsdekoration, an der er gebaumelt hatte. Aber das half mir jetzt auch nichts. Ich musste diesen Kerl irgendwie loswerden. Ich schnappte mir ebenfalls einen Kerzenleuchter. Wir schenkten uns gar nichts. Seine Schläge kamen hart, ich parierte und schlug nach Möglichkeit ebenso hart zurück. Der lange eiserne Kerzenleuchter war ziemlich schwer. Obwohl ich ihn mit beiden Händen umklammerte, war jedes Ausholen eine unglaubliche Belastung.

Dann war der Küster einen Moment unaufmerksam und ich konnte einen Schlag landen, der ihm den Kopf von den Schultern riss. Er fiel um wie ein Mehlsack und zerfiel zu Staub, bevor er noch richtig am Boden lag.

Das war geschafft. Jetzt musste ich nur noch meinen Plan umsetzen. Ich schnappte meine Tasche, die ich achtlos zu Boden geworfen hatte, als der Kampf losging und machte mich auf zum Turm.

Fünf Stangen Dynamit müssten ausreichen. Fünf Bohrungen. Eine halbe Stunde also. Ich machte mich an die Arbeit, maß genau und arbeitete präzise, wie ich es schon hunderte Male gemacht habe. Routine eben.

Bald schon konnte ich die letzte Stange Dynamit in ihr Loch stecken und den Zünder verbinden. In diesem Moment krachte es über mir im Gebälk. Es rumpelte, dröhnte, schepperte. Die Glocke! Sie fiel!

Ich hatte diesen Gedanken noch nicht fertig gedacht, da krachte die tonnenschwere Glocke durch die morsche Holzdecke und begrub mich unter sich.

Immerhin hatte Gott vielleicht doch noch ein Wort mitgesprochen und die Nervenbahnen aus meinen Beinen waren bei dem Aufprall gnädigerweise abgetrennt worden. So wie die Glocke auf meinen Beinen lag, hätte das eigentlich unglaubliche Schmerzen verursachen müssen.

Und dann hörte ich den Teufel persönlich über mir.

«Du Wurm willst meine Kirche zerstören? Dich werde ich lehren.»

Meine Beine gehorchten mir nicht mehr, vielleicht waren sie nicht einmal mehr am Körper befestigt, aber meine Arme konnte ich noch gebrauchen. Ich konnte auch noch den Zünder mit den Kabeln verbinden.

«Genau!», schrie ich ihm entgegen. «Und du, fahr zu Hölle, wo du hergekommen bist!»

Dann legte ich den Schalter um. Ich konnte die Detonation sogar noch sehen, doch gleich darauf war Schluss. Ich hoffe bloß, dass mein Opfer nicht vergebens war.

22 Eine Affäre

«Ist denn der Herr Fischbacher schon angereist? Wolfgang Fischbacher», fragte die blonde Frau den Mann an der Rezeption des Hotels Seegarten in Brunnen.

«Ja. Er ist schon da. Soll ich ihm eine Nachricht aufs Zimmer schicken?»

«Nein, schon gut, danke. Ich werde ihn später treffen. Lassen Sie mich erst selbst einchecken. Mein Name ist Christina Schmidt.»

«Frau Schmidt. Gern. Sie reisen mit einer Freundin?», fragte der Mann an der Rezeption.

«Ja, sie kommt nach.»

«Gern.»

«Sagen Sie, wäre es möglich, dass wir ein Zimmer auf der gleichen Etage bekommen wie Herr Fischbacher?»

Der Rezeptionist runzelte die Stirn, sah sie prüfend an und kam offenbar zum Schluss, dass das in Ordnung war. «Ich gebe Ihnen Zimmer 412, im vierten Stock. Direkt gegenüber von Herrn Fischbacher.»

Tina zwinkerte ihm zu und schob ihm einen Zwanziger über den Tresen. «Vielen Dank.»

Mit der Schlüsselkarte ging sie nach draußen, um Barbara Fischbacher abzuholen.

Gestern Abend hatte Barbara mit verheulten Augen vor ihr gestanden und erzählt, dass Wolfgang vermutlich eine Affäre hatte. Die Zeichen waren eindeutig. Nachdem ein Seminar in Deutschland wegen Corona abgesagt wurde, musste Wolfgang stattdessen an ein Seminar in Brunnen.

Da steckte bestimmt eine andere Frau dahinter. Und genau deshalb waren sie jetzt hier. Sie mussten herausfinden, was für ein Spiel er spielte und wollten ihn auf frischer Tat ertappen.

Sie bezogen ihr Zimmer und diskutierten den Schlachtplan für den Abend.

Barbara stellte einen Stuhl an die Tür. «Hier lauscht immer eine von uns, ob gegenüber die Tür geht.»

Tina lachte. «Das kommt mir vor wie in einem schlechten Krimi.»

Barbara blieb jedoch ganz ernst. Kein Wunder. Schließlich war es ihr Mann, dem sie hier auflauerten.

Die ersten zwei Stunden vergingen ereignislos. Beide hatten ein Buch dabei und lasen, Tina auf dem Stuhl bei der Tür, Barbara auf dem Bett. Dann tauschten sie die Plätze und warteten weitere zwei Stunden.

Dann endlich tat sich etwas im Zimmer gegenüber. Jemand hatte geklopft, die Tür war geöffnet und wieder geschlossen worden.

Barbara glühte bereits vor Wut. «Das muss sie sein. Geben wir ihnen noch ein paar Minuten, um miteinander warm zu werden, dann stürmen wir das Zimmer.»

Tina schauderte. «Du klingst so aggressiv. Versprich mir, dass du ihm nichts antust.»

Doch Barbara hatte bereits dieses irre Flackern in den Augen. «Das werde ich nicht versprechen! Wenn der auf ihr drauf liegt, kann es gut sein, dass ich ihm sein Ding abreiße!»

«Bist du sicher, dass du da rüber willst?», fragte Tina noch einmal.

«Ja. Lass uns gehen.» Barbara riss energisch die Tür auf und ging die drei Schritte bis zur gegenüberliegenden Tür. Dann erkannte sie ihren Fehler. Sie würden die Tür nicht einfach öffnen können. Sie hatten keine Schlüsselkarte.

Tina bugsierte ihre Freundin wieder ins eigene Zimmer zurück und befahl ihr, dort zu warten. Dann flitzte sie zum Fahrstuhl und an die Rezeption.

Wenig später kam sie mit einem Ersatzschlüssel für Zimmer 417 zurück.

«Wie hast du das geschafft?», fragte Barbara.

Tina blinzelte ihr zu. «Mein natürlicher Charme …», und nach einem Augenblick fügte sie hinzu: «… und immerhin bin ich seine Frau.»

«Dann los. Zeigen wir's dem Kerl.» Barbara stürmte bereits wieder über den Korridor.

«Und du willst das wirklich tun?», fragte Tina noch ein letztes Mal mit der Schlüsselkarte in der Hand.

Als Barbara ernst nickte, hielt sie die Karte an die Elektronik, die Tür schwang auf und was sie sahen, ließ sie beide keuchend Luft holen.

Wolfgang Fischbacher saß in Unterwäsche an einen Stuhl gefesselt. Er sah ganz anders aus als sonst. Haariger! Er war über und über mit einem zotteligen Fell bedeckt. An Armen und Beinen, auf der Brust und im Gesicht. Seine Augen strahlten nicht mehr in dem sanften Grünton, der Barbara so gefiel, sondern in einem goldenen Gelb. Und sie strahlten eine unglaubliche Bösartigkeit aus. Die monströse Wildheit eines Raubtiers.

«Was ...», brachte Barbara nur hervor.

«... ist das?», brachte Tina den Satz zu Ende.

Neben Wolfgang stand sein bester Freund Herbert. Er hatte Kratzspuren im Gesicht und an den Händen.

«Ich war heute etwas zu spät. Fast hätte ich es nicht mehr geschafft, ihn rechtzeitig festzubinden. Darum diese Verletzungen. Aber keine Sorge, es ist nicht ansteckend.»

«Was? Was ist nicht ansteckend?», wollte Barbara wissen.

Herbert überprüfte noch einmal die Stricke und Gürtel, mit denen er Wolfgang an dem Stuhl festgebunden hatte. «Setzen wir uns doch, dann erzähle ich euch, was Sache ist.»

Die beiden Frauen hielten sich auf Distanz zu dem seltsamen Geschöpf, das normalerweise Barbaras Mann war, als sie zu der Sitzecke gingen, von der aus man eine wundervolle Aussicht über den Vierwaldstättersee hatte, wenn man den Blick von dem Monster im Zimmer abwenden konnte.

«Also, Barbara, dein Mann ist ein Werwolf. Das hat vor drei Jahren einfach so angefangen. Wir wissen nicht wie und wo. Es war einfach plötzlich da. Er kam zu mir, als er zum ersten Mal diese Haare entdeckte, und wir fanden heraus, dass es ihn und andere vor Schaden bewahrt, wenn ich ihn eine Nacht lang an einen Stuhl fessle, wenn er seine – Anfälle – hat.»

«Anfälle?»

«Ja. Diese Anfälle passieren nur einmal im Monat, immer bei Vollmond.»

Barbara blickte zu ihrem Mann. «Aber warum hat er nie etwas gesagt?»

Herbert zuckte die Achseln. «Ich weiß nicht. Es fiel ihm schwer, darüber zu reden. Ich habe ihm immer wieder gesagt, dass er dich einweihen soll.»

Eine Träne stahl sich aus Barbaras Augen. «Und ich dachte, er hätte eine Affäre.»

«Nein. Niemals! Er liebt dich über alles und er würde dich nie betrügen.»

Barbara ging zu dem Monster, das sonst ihr Ehemann war, setzte sich aufs Bett, wo er sie sehen konnte.

«Verzeih mir, dass ich dich so verdächtigt habe. Ich liebe dich auch. Und in Zukunft werde ich es sein, die dir beisteht, wenn diese Anfälle kommen.»

Sie hätte schwören können, dass auch aus seinen Monsteraugen ein paar kleine Tränen ins dichte
Fell sickerten.

23 Tropfen

Victoria konnte es kaum noch ertragen. Sie lag auf ihrer schmalen Pritsche im Regionalgefängnis und versuchte, nicht daran zu denken.

Tropf!

Sie hatte keine Ahnung, woher dieses Tropfen kam. Der Hahn an dem alten Waschbecken war dicht. Sie hatte das schon hundert Mal überprüft. Auch in der Toilette hatte sie schon unzählige Male nachgesehen.

Tropf!

Es klang fast so, als käme es aus der Wand, aber das war natürlich Unsinn. In der Wand konnte nichts tropfen, ohne dass es irgendwann einen feuchten Fleck gab. Oder Schimmel. Oder beides.

Tropf!

Sie konnte das kaum noch ertragen. Sie sprang hoch von ihrer Pritsche, lief im Kreis wie ein Tiger im Zoo, einmal rechts herum, einmal links herum und wieder zurück.

Tropf!

Irgendwoher musste dieses Tropfen stammen. Früher, als sie noch so etwas wie ein normales Leben hatte, hatte sie gelesen, dass ein stetes Tropfen ein Loch in Stein fressen konnte.

Tropf!

Und sie hatte eine Geschichte gelesen, in der es darum ging, dass jemand mit einem Tropfen zu Tode gefoltert wurde. Ein Tropfen auf den Kopf und noch einer und noch einer. Wie bei Stein. Tagelang, bis der Schädel durchstoßen war, dann direkt ins Gehirn.

Tropf!

Auch bei ihr fraß sich dieses Tropfen in den Kopf, fraß ihr den Verstand weg. Sie stampfte lauter im Kreis, versuchte das Geräusch mit ihren Füssen zu übertönen.

Stampf! Stampf! Tropf!

Es klappte nicht! Dieses verfluchte Tropfen raubte ihr den Verstand! Seit Tagen. Immer wieder. Sie hatte auch schon den Wärter darauf angesprochen, doch der hatte nur mit der Schulter gezuckt.

Tropf!

Aber der musste es ja auch nicht den ganzen Tag hören. Wenn sie wenigstens wüsste, woher es kam. Wenn sie nur wüsste, was die Ursache dieses Tropfens war, dann hätte sie vielleicht mehr Ruhe. Aber so hatte sie nichts, worauf sie ihre Wut fokussieren konnte.

Tropf!

Sie musste dieses Geräusch loswerden, drückte die Fäuste auf die Ohren, aber inzwischen war es schon so tief in ihrem Kopf drin, dass es unaufhörlich weiter lief.

Tropf!

In regelmässigen Abständen, sie hatte das gezählt, es waren genau dreissig Tropfen pro Minute. Eintausendachthundert pro Stunde, dreiundvierzigtausendzweihundert pro Tag, mehr als fünfzehn Millionen pro Jahr.

Tropf!

Wie lange konnte sie das noch aushalten? Sie lief immer noch im Kreis, einmal linksherum, einmal rechtsherum, links, rechts. Alle zwei Sekunden hielt sie kurz inne.

Tropf!

Wie lange sollte das noch so weitergehen. Sie musste diesem Tropfen ein Ende machen. Aber wie? Einmal links herum, einmal rechts herum.

Tropf!

Die Pritsche! Sie hatte eine Federkernmatratze! Sie zerrte am Bezug, riss sich die Fingernägel ein, versuchte die Naht mit bloßen Fingern zu öffnen, nahm die Zähne zu Hilfe. Sie musste an eine der Federn kommen.

Tropf!

Sie musste dem ein Ende bereiten! Mit Zähnen und Fingernägeln riss sie weiter, bis sich endlich eine Feder zeigte.

Tropf!

Inzwischen tropfte Blut von ihren Fingern auf die Matratze und hinterließ dunkelrote Flecken, aber wenigstens kein Geräusch. Mit blutigen Fingern zerrte sie weiter.

Tropf!

Die Feder lag jetzt fast frei. Genug, um sich daraus eine Spitze zurechtzubiegen, an der sie sich ernsthaft verletzen konnte. Mit ihren blutigen Fingern rutschte sie immer wieder ab von dem harten Federstahl.

Tropf!

Aber schließlich schaffte sie es, bog die Feder so auseinander, sodass ein spitzer Dorn aufragte. Jetzt konnte sie diese Sache beenden, wenn sie den Mut dazu aufbrachte.

Tropf!

Dieser Tropfen brachte die Entscheidung. Sie hieb ihr Handgelenk mit Wucht auf die Spitze. Das harte Metall drang tief in ihren Arm ein, stach direkt in die Pulsader.

Tropf!

«Dir werd' ich's zeigen!», schrie sie. Das Blut floss aus ihr heraus, das Leben rann wie in einer Sanduhr langsam durch das Loch aus ihr hinaus.

Tropf!

Konnte es sein, dass das Tropfen jetzt leiser geworden war? Sie legte sich auf ihre Pritsche und wartete darauf, dass das Leben langsam aus ihr strömte.

Die Matratze saugte sich voll mit ihrem Blut. Je länger es dauerte, umso weniger achtete Victoria auf das Tropfen.

Konnte es sein, dass es verschwunden war? Sie versuchte sich bewusst darauf zu konzentrieren.

Zählte innerlich die Sekunden. Eins, zwei, drei, vier, fünf …

Tatsächlich! Das Geräusch war weg! Wie konnte das sein? Hatte sie sich vielleicht alles nur eingebildet? Sie wurde schwächer und schwächer. Unter ihr in der Matratze sammelte sich ihr Blut. Irgendwann war die Matratze vollgesogen.

Tropf!

Da war es wieder! Victoria war froh, dass sie es wieder hörte. Das gab ihr das Gefühl, das Richtige getan zu haben. Gab ihr das Gefühl, nicht verrückt zu sein.

Tropf!

Langsam wurde sie wirklich schwach. Sie hatte schon viel Blut verloren. Sie wartete, bis sie das Bewusstsein verlieren würde. Und bis dahin lauschte sie dem Tropfen.

Tropf!

Und jetzt konnte sie auch sehen, woher das Geräusch kam. Es war ihr Blut, das aus der vollgesogenen Matratze auf den Boden tropfte. Langsam und gleichmäßig.

Tropf!

Tropf!

Tropf!

24 Das Findelkind

Jetzt ist er weg und die meisten bei uns im Dorf sind froh darüber. Sogar die Familie Bischof, die ihn damals aufgenommen hat. Aber lassen Sie mich von Anfang an erzählen.

Die Geschichte begann vor sieben Jahren, genau am Weihnachtstag. Da tauchte im Stall der Familie Bischof aus dem Nichts dieser Junge auf, ein kleines Baby, das von irgendwem dort abgelegt worden war.

Alfons und Elisabeth Bischof waren einfache Bauersleute, die schon länger ein Kind haben wollten, bei denen es aber bis dahin nicht geklappt hatte. So nahmen sie das Kind als göttliches Geschenk an und zogen es auf.

Sie nannten den Jungen Franz, überschütteten ihn mit Liebe und schenkten ihm ihr Herz. Natürlich suchten sie auch nach den leiblichen Eltern des Jungen, doch nachdem sich nie jemand meldete, wurde Franz schließlich ganz offiziell als ihr Sohn anerkannt.

Die Probleme fingen erst an, als Franz das Sprechen lernte. Wie er sprach, passte nämlich so überhaupt nicht zu einem Kleinkind.

Seine ersten Worte waren Mama und Papa, so weit war alles normal. Als drittes Wort kam dann

«Mist» dazu, was auf einem Bauernhof auch noch nicht auffiel.

Auch als dann die stärkere Version «Scheiße» hinzukam, beeindruckte das niemanden. Alfons Bischof war bekannt für seine manchmal etwas rüde Aussprache. So gesehen passte das auch zu dem Jungen.

Man beobachtete das Ganze trotzdem aufmerksam, und als er etwa dreijährig war, glaubte niemand mehr, dass der Buben ganz normal war.

Bis dahin hatte sich nämlich sein Wortschatz deutlich weiter entwickelt. Allerdings nicht zum Guten. Er fluchte, was das Zeug hielt. Ich werde mich jetzt hüten, hier zum Besten zu geben, was er alles für unflätige Wörter kannte.

Interessant war vor allem, dass er auch fremdsprachige Wörter benutzte, die nicht mal seine Eltern kannten. Wo er diese gelernt hatte, wusste niemand.

Sie hatten von diesem Tourette-Syndrom gehört und befürchteten, dass der kleine Franz irgendwie daran erkrankt sein könnte. Der Kinderarzt meinte jedoch, dafür wäre Franz noch viel zu jung.

Man brachte ihn also in die Stadt zu einem Spezialisten, einem Neurologen. Der sollte die Sache untersuchen, fand es jedoch auch noch zu früh, um eine Diagnose stellen zu können. Er schlug vor, die weitere Entwicklung zu beobachten und wenn es nicht besser wurde, wiederzukommen.

Und es wurde nicht besser! Je mehr Franz zu sprechen lernte, umso wilder wurden seine Beschimpfungen. Mit vier Jahren bezeichnete er seine Mutter als Schlampe und seinen Vater als Dickhead, was auch immer das bedeuten sollte.

Für die Eltern wurde es immer unangenehmer. Hinzu kam, dass Franz eine sehr laute Stimme mitbekommen hatte, und so war ein soziales Leben fast unmöglich geworden. Franz beleidigte jeden und schrie herum, wenn sie einmal gemeinsam ein Restaurant besuchten.

Die Bischofs suchten also weiterhin nach Hilfe. Alle möglichen Leute gingen auf ihrem Hof ein und aus: Ein Naturheilpraktiker, eine Kartenlegerin, ein Hellseher, eine Auraleserin, ja sogar eine Tierkommunikatorin versuchte sich erfolglos daran.

Als der kleine Franz sechs Jahre alt war, kam sogar ein Priester, der extra aus Rom eingeflogen worden war, um bei dem kleinen einen Exorzismus durchzuführen. Der Geistliche vollführte ein kompliziertes Ritual mit einer Menge lateinischer Sprüche, doch der kleine Franz saß nur auf seinem Bett und lachte lauthals, machte derbe Späße und beleidigte den Priester, ja er streckte dem Gottesmann sogar den blanken Hintern hin.

So ging das weiter, wurde schlimmer und schlimmer, bis er sieben Jahre alt war. Da fuhr eines Tages eine große, schwarze Limousine mit getönten Scheiben auf dem Hof der Bischofs vor und ein Mann stieg aus. Ein großer, schlanker Mann in einem perfekt auf Mass geschnittenen Smoking samt schwarzem Umhang mit feuerrotem Innenfutter. Eine Erscheinung also, die wir hier im Dorf nur alle dreißig Jahre zu sehen bekommen. Es kam einem vor, als wäre dieser Mann direkt aus einem der großen Opernhäuser der Welt zu uns gereist.

Diese imposante Erscheinung stellte sich als leiblicher Vater von Franz vor und beabsichtigte, den Bub mitzunehmen, damit er in einem Elite-Internat auf seine zukünftige Aufgabe vorbereitet würde.

Die Bischofs allerdings wollten das nicht wahrhaben. Nun hatten sie diesem Jungen schon so viel Zeit und Liebe geschenkt, da konnte nicht einfach ein reicher Zausel ankommen und ihren Franz mitnehmen.

Alfons Bischof baute sich also in seiner ganzen Größe vor dem Fremden auf und wollte Dokumente sehen, die bestätigten, dass Franz tatsächlich ein Spross dieses Mannes war.

Was dann passierte, weiß man nur von Elisabeths Erzählungen. Das Gesicht des Fremden lief knallrot an, ein kleines Bocksbärtchen wuchs binnen Sekunden aus seinem Kinn, auf dem Kopf prangten plötzlich zwei daumengroße Hörner. Aber was sie als besonders eindrücklich beschrieb, waren seine Augen: orangerote Pupillen, die wie Feuer flackerten und eine Bösartigkeit ausstrahlten, dass ihr eiskalt wurde und sie am liebsten im Boden versunken wäre.

Ihr Mann Alfons ließ sich leider von dieser Gestalt nicht beeindrucken und griff ihn mit der Mistgabel an, die er bei sich trug. Der Fremde hob die Hand zu einer anmutigen, fast königlichen Geste. Alfons flog samt Mistgabel mehrere Meter durch die Luft und schlug hart auf dem Kiesvorplatz des Hofes auf. Dabei rammte er sich selbst die Mistgabel in den Hals, hatte aber immerhin so viel Glück im Unglück, dass er nur die Stimmbänder verletzte. Seither ist er zwar zu ewiger Stummheit verdammt, aber wenigstens noch am Leben.

Elisabeth war sich derweil sicher, den leibhaftigen Teufel vor sich zu haben, und mit dem legte man sich nicht an. Sie schob den kleinen Franz von sich, der sich mit einigen derben Sprüchen von ihr verabschiedete und dann mit dem Teufel in die Limousine stieg.

Nun ist er weg und im Dorf vermisst ihn niemand. Und es ist sehr auffällig, wie wenig bei uns seither geflucht wird.

WEIHNACHTEN DARF NICHT STERBEN
Sechs ungewöhnliche Advents- und Weihnachtsge-
schichten für Fans von Gruselgeschichten, Science
Fiction und Fantasy. Für ein schaurig-schönes
Weihnachts-Lesevergnügen.

Autor: Markus Kessler
ISBN: 978-3-7460-1895-9
Taschenbuch, 180 Seiten
Erhältlich überall im Buchhandel
oder auf www.markuskessler.ch

NACHTGESCHICHTEN

An der Grenze der Realität treiben sich Schreckges-
penster, Ungeheuer und Bösewichte aller Art herum, versuchen gute Menschen auf die dunkle Seite
zu ziehen. Sieben Kurzgeschichten, die Sie in fantastische Welten entführen. Gänsehaut pur!

Autor: Markus Kessler
ISBN: 978-3-7481-6530-9
Taschenbuch, 109 Seiten
Erhältlich überall im Buchhandel
oder auf www.markuskessler.ch